달빛
조각사

달빛 조각사 21

2010년 3월 9일 초판 1쇄 인쇄
2010년 3월 12일 초판 1쇄 발행

지은이 남희성
발행인 이종주

편집장 손수지
기획 팀 김명국
책임 편집 이세종

발행처 (주)로크미디어
출판등록 2003년 3월 24일
주소 서울시 용산구 청파동3가 119-2 진여원BD 5층
Tel (02)3273-5135 Fax (02)3273-5134
홈페이지 rokmedia.com · **E-mail** rokmedia@empal.com

ⓒ 남희성, 2007

값 8,000원

ISBN 978-89-257-1288-8 (21권)
ISBN 978-89-5857-902-1 04810 (세트)

이 책은 (주)로크미디어가 저작권자와의 계약에 따라
발행한 것이므로 본서의 내용을 무단 복제하는 것은
저작권법에 의해 금지되어 있습니다.

작가와의 협의에 의해 인지는 생략합니다.
잘못된 책은 바꾸어 드립니다.

남희성 게임 판타지 소설

차례

제국 건설의 비밀 … 7

조각사의 갱도 … 41

커피 데이트 … 71

미스릴 천사상 … 99

유리병 쪽지 … 127

생명 부여의 기적 … 161

데스 오라 … 193

비, 바람, 안개 속의 반격 … 223

대해전 … 247

친구 … 277

제국 건설의 비밀

"네, 좋아합니다."

서윤은 다른 사람에게 사랑받지 못할 거란 두려움 속에서 살았다. 말을 하는 건 그녀에게는 너무 무서운 일이었다.

서윤은 웨딩드레스를 입은 채로 애처롭게 떨었다.

'본 드래곤에 의해 죽을 때 친구라고 말한 것 이후로 처음이로군.'

위드는 과연이란 생각에 고개를 끄덕였다.

두 번째로 그녀의 목소리를 듣게 된 것이다.

그녀가 갑작스럽게 말을 했는데도 그리 크게 놀랍진 않았다. 본 드래곤과 싸울 때는 죽으면서 잃어버릴 아이템 때문에 친구 등록을 한 것이라고 의심했었다. 그러나 이제 확신을 가질 수 있었다.
 '역시 내 생각이 맞는 것이었어.'
 슬로어의 결혼식을 대신 치러 주면 결혼반지를 착용할 수 있다. 아이템에 욕심이 얼마나 사무쳤으면 오랫동안 입을 다물었던 서윤이 다시 말을 했겠는가!
 '완전히 갖고 싶었던 거야. 탐이 났을 테지. 이 정도 옵션의 아이템이면 돈을 주더라도 사기 어려우니까.'
 인간에 대한 끝없는 불신과 오해로 살아가는 위드!
 위드는 다 안다는 것처럼, 힘들어하는 서윤의 손을 따스하게 잡아 주었다.
 "괜찮아. 난 이해할 수 있어."
 위드도 아이템을 위해서라면 뭐든 할 수 있었다.
 '노래를 열 곡이라도 부를 수 있지.'
 오크 카리취로 변했을 때부터, 전쟁의 시작마다 최악의 음치를 자랑하며 한 곡씩 노래를 뽑았다. 시키기만 한다면 콜로세움 같은 장소에서 라이브 콘서트라도 열 기세!
 '어쨌든 이번에는 미안한 게 많으니까.'
 학교에서도, 로열 로드에서도 서윤이 말을 하지 않았던 이유는 많이 궁금했다.
 그러나 혼돈의 대전사를 사냥할 때도 서윤이 목숨을 잃었고, 그녀가 없었으면 퀘스트 자체도 불가능했을 테니 따지지 않고 덮어 주기로 했다.

서윤이 다시 떨리는 입을 힘들게 떼었다.

"…지금까지 말을 못 했던 이유는요…….."

하객들이 축하를 해 주고 결혼식이 진행되고 있었지만, 그런 것들은 그녀의 귀에 들어오지 않았다. 지금까지 말하지 못했던 것에 대해서 설명을 해야 한다는 무거운 의무감이 어깨를 짓눌렀다.

설명하기 아픈 부분이었다.

위드는 가볍게 웃어 주었다.

"다 알아."

"네?"

"말하지 않아도 돼. 이해할 수 있어."

비싼 아이템을 주웠을 때처럼 더없이 따뜻한 눈빛으로 바라보는 위드였다.

'있는 애들이 더하다더니……. 너도 아이템 무지 좋아하는구나.'

그녀를 알던 사람에게라면 그녀가 말을 한 이 일이 청천벽력과도 같은 사건이리라. 십몇 년간 말을 하지 않았던 그녀가 조금이나마 마음을 열게 된 것이다.

하지만 위드는 그런 사실에 대해서는 몰랐고, 그의 눈에 그녀 또한 전과 달라지지 않았다. 눈빛이나 태도, 여러 면에서 볼 때 예전과 비슷했기 때문에 특별하게 대할 이유가 없었다.

"……."

"지금은 바쁘니까 나중에 이야기하자."

결혼식의 마지막 일정은 식사였다.

최고의 귀족 가문에서나 먹는 고급 요리들이 즐비하게 나왔다.

"콜 데스 나이트 반 호크. 콜 뱀파이어 토리도!"

반 호크와 토리도가 결혼식장에 소환되었다.

"주인, 누구와 싸워야 하는가."

"이곳은 나의 품위를 유지하기에 적당한 장소로군. 혹시 나에게 맛있는 요리를 먹이기 위해서 불렀는가, 주인."

부하들까지 불러내서 피로연의 요리를 베풀려는 착한 주인일 리가 없었다.

위드는 가지고 있던 배낭과 냄비, 보자기 등을 꺼내서 나눠 주었다.

"얘들아, 여기다 가득 담아."

축의금과 예물 반지에 이어서 음식까지 싹쓸이하는 완벽함!

요리하기 힘든 각종 탕들과 케이크, 쿠키, 후식으로 나온 과일들까지 담았다.

맛보기 힘든 특수한 요리들은 위드가 먹어 보고 요리법을 재현할 수도 있다. 그런 경우에는 요리 스킬의 숙련도가 많이 올라가니 고급 요리들을 챙기는 건 필수.

서윤이 민망했던지 열매들 위주로 조심스럽게 챙기고 있을 때, 위드는 과감했다.

"많이 담으려면 밑에서부터 차곡차곡 쌓아야지."

수백 명의 귀족들이 먹는 자리였으니 엄청난 양의 요리들이 있었다. 반 호크와 토리도, 서윤 그리고 황금새와 은새가 돌아다니면서 음식들을 모았다.

"음식을 많이 담으려면 무게중심과 균형이지. 조각술의 경험을 충분히 살려야 돼."

그릇에는 왜 그 크기만큼의 음식만 담아야 하는가. 냄비에는 어째서 안에 들어갈 정도만 채워야 하나.

그런 편견들이 상상력을 제한하는 벽이다.

위드는 그릇에 음식을 담아서 무려 15층 탑을 만들었다.

과일 탑, 케이크 탑, 쿠키 탑.

요리들은 그릇끼리 쌓아 올리고, 술병들은 나무 궤짝에 넣었다.

관록 많은 포장 이사 아저씨가 영입을 시도할 정도로 빠른 속도로 음식을 쓸어 담는 위드!

"역시 결혼식은 눈코 뜰 새 없이 바쁘군!"

결혼식의 당사자가 음식까지 챙겨야 하니 얼마나 바쁘겠는가.

혼수니 예단이니 하면서 실속 없는 결혼식은 없애 버릴 때가 왔다.

한밑천 제대로 챙길 수 있는 결혼식!

신랑과 신부가 위드와 서윤이었으니 다른 귀족들도 뭐라고 하지 않았다.

그렇게 신선한 요리들까지 모두 챙기고 난 후였다.

성에서 멀리 떨어진 황금빛 들녘과 마을 건물들부터 희미해지면서 사라져 갔다. 그리고 웃고 떠들던 귀족들과 마법사들도 한순간 연기처럼 흩어졌다.

띠링!

―슬로어의 큰 염원을 해결하셨습니다.
슬로어의 반지에 봉인되어 있는 능력들이 전수됩니다.

†슬로어의 지혜
마나의 최대치가 3,500 영구적으로 증가합니다.

†슬로어의 축복
행운이 20 증가하고, 마법 피해를 조금 감소시킵니다.

†결혼 서약
신성한 반지는 두 사람의 생명을 공유할 수 있습니다.
한 사람의 생명력이 목숨이 위태로울 정도로 낮아졌을 때에 생명력을 최대 50%까지 전해 줄 수 있습니다.
생명력이 줄어들었을 때에는 반지를 착용하고 있는 배우자가 가진 직업의 특성이 적용됩니다. 배우자의 스킬들을 70%의 숙련도로 사용할 수 있습니다.

-반지의 속성이 변경되어서 타인에게 넘겨줄 수 없게 되었습니다.

-반지를 파기하게 되면 결혼 서약도 해제됩니다.

 메시지를 읽는 사이에 위드와 서윤, 조각 생명체들은 인페르노 던전으로 다시 돌아와 있었다.
 위드는 입가에 흐뭇한 미소를 지었다. 정말 만족스러운 결혼식이었다.

 지골라스의 종족 전쟁이 벌어졌던 던전의 마법진에서는 장대하기 짝이 없는 순수한 불의 힘이 꿈틀거렸다.
 S급 난이도의 최종 단계.
 그런데 쿠비챠가 죽었던 장소에서 멀리 떨어지지 않은 곳의 땅바닥이 유난히 금빛으로 반짝거렸다. 금인이의 파괴된 육체가 모래처럼 흩뿌려져 있는 것이다.
 착용하고 있던 각종 장비들은 빛의 날개와 함께 위드에게로 돌아왔다.
 "근처를 수색하면서 금인이의 잔해를 주워 보자. 얼마나 건질 수 있을지는 모르겠지만."
 위드는 전투 지역을 돌아다니면서 금 알갱이들을 회수했다. 황금새와 은새가 부리에 콩알보다 작은 금덩이들을 물고 날아왔다.

 위드와 서윤도 엎드려서 일일이 찾으면서 돌아다녔지만, 그렇게 회수한 금의 양은 원래 금인이 전체 육체 중에 3할도 안 되었다.

 서윤이가 어렵게 다시 입을 열었다.

 "되…살릴 수 있…어요?"

 정이 많이 가고 귀엽던 금인이가 죽어서 마음이 아픈 그녀였다.

 위드는 고개를 흔들었다.

 "생명을 다시 부여하는 방법이 있긴 하지만, 이 정도의 잔해밖에 남지 않았으니 복원은 어림도 없어."

 그러자 서윤이 더없이 슬픈 표정을 지었다. 맑은 눈동자에 물기가 고이기 시작했다.

 황금새와 은새, 누렁이도 함께 동료를 잃어버린 아픔으로 슬퍼했다.

 인페르노 나이트의 마법진에 가면 드디어 퀘스트가 완수된다. 역사적인 S급 난이도 연계 퀘스트의 끝!

 그래도 이대로 금인이를 포기하고 갈 수는 없기에 다시 수색을 했다.

 "금인아, 네가 이렇게 갈 수는 없잖니."

 위드가 손으로 땅을 박박 긁어서 금가루를 찾았다.

 당연히 금덩이들이 아쉽기도 했지만, 금인이에게 고마운

마음도 있었다.

혼돈의 대전사 쿠비챠와의 전투에서 도저히 안 되겠다고 포기하고 죽음을 앞두고 있을 때, 금인이는 그를 구하기 위해 누렁이를 타고 용맹하게 돌진했다.

기사들처럼 몸에 상처가 생기고 불에 타면서도 검을 휘두르며 전진하던 그 박력과 충성심!

결국 스스로의 목숨을 바치면서까지 위드를 살리려고 했던 금인이였던 것이다.

대장장이 스킬을 이용하여 흙을 거르는 채를 만든 다음에 땅을 파헤쳐서 사금까지 채취했다.

넓은 지역을 대대적으로 갈아엎은 끝에 육체의 4할에 달하는 금을 회수할 수 있었다. 나머지 부분은 영구적인 손실 등으로 사라졌는지 도저히 찾을 수가 없었다.

"예전처럼 복원할 수 있을지 모르겠군."

위드가 생명을 부여하더라도 잃어버린 부분이 너무 커서 장담하기가 어려웠다. 목숨을 잃은 정도가 아니라 육체가 가루가 되어 버린 상황이었다.

"어쨌든 모라타로 돌아가면 황금을 더 구해서 시도해 보긴 해야겠어."

바닥을 훑으며 샅샅이 수색한 위드는 마침내 퀘스트를 위해 인페르노 나이트에게 다가가서 그들을 향해 인사했다.

"혼돈의 전사들을 물리치고 마법진을 수호하신 기사분들

에게 영광이 있기를. 여러분의 용맹 덕분에 마법진이 무사할 수 있었습니다. 저희는 대륙에서 온 모험가입니다."

인페르노 나이트들의 대장인 이반스터가 말했다.

"고맙소. 우리만으로는 어려웠을 것이오. 그대들의 도움이 있었기에 쿠비챠를 물리치고 마법진을 지킬 수 있었소."

"쿠비챠가 죽은 이후에 어떻게 된 것입니까?"

어찌 된 영문인지 정도는 알아야 했기에 위드는 질문을 했다.

쿠비챠도 사망했고, 드래곤의 검 레드 스타는 자신이 회수했다. 임벌의 마법진을 파괴한다거나 하진 못할 테니 의뢰에 대한 조건들은 이미 갖췄다.

종족 전쟁이 어떤 식으로 정리된 것인지가 궁금했다.

"그대들의 편이었던 지독한 리치가 죽고 나서, 본 드래곤이 나타났소."

"······."

조각 변신술로 외모를 바꾸었다고 해도 평가는 고스란히 따라간다.

그들을 구해 주었음에도 위드를 향한 이반스터의 눈초리는 썩 곱지 않았다. 리치였을 때 인페르노 나이트들을 많이 사냥한 탓이리라.

"그 드래곤에게 쿠비챠가 잡아먹히고 난 이후에, 혼돈의 전사들은 구심점을 잃고 방황했지. 우리는 불의 거인들과 힘

을 합쳐서 놈들을 몰아낼 수가 있었소. 물론 타격이 크기는 했지만."

"그러셨군요. 대단한 무운을 보이셨을 것 같습니다."

"쿠비챠가 사라진 이후의 혼돈의 전사들은 충분히 감당할 수 있었을 뿐이오."

"이 근육 하며, 느껴지는 힘이 보통이 아닙니다. 쿠비챠라고 해도 이반스터 님에게는 안 되었을 것 같은데요."

"과분한 칭찬이로군."

레벨이 높은 전사들과의 친밀도를 높이는 방법.

훨씬 더 강할 것 같다고 칭찬해 주기.

무식하기 짝이 없는 커다란 근육을 보면서도, 발휘할 수 있는 힘이 굉장할 것이라고, 돌은 최대 몇 킬로까지 들 수 있냐는 질문을 던지면서 호감을 산다. 특별한 중병기를 사용한다면 무기의 무게를 물어본 이후에 대답을 듣고 감탄한 얼굴 정도를 해 주는 건 기본이었다.

이반스터가 조금 누그러진 어조로 말했다.

"험한 길을 걸어서 이 땅까지 온 여행자들이여! 이곳은 인간들이 살기 어려운 곳이라서 조금 힘들었을 것이오."

매우 많은 고난들을 겪어 왔지만, 위드는 지나간 일을 들추면서까지 하소연을 하지는 않았다. 퀘스트의 완수로 받게 될 보상이 더욱 중요할 뿐이었다.

"인간 마법사 임벌이 만든 마법진은 긴 세월이 지나오면서 지골라스의 힘이 지나치지 않게 막아 주고, 우리 종족들을 지켜 주었소."

천장과 바닥에 수백 미터에 이르는 규모로 마법진이 새겨져 있었다. 그리고 중심에는 불의 기운이 팽창과 수축을 반복하고 있다.

태양을 닮은 것처럼 이글거리는 불의 기운!

가까이 접근하는 것만으로도 몸이 뜨겁고 땀이 줄줄 흐를 정도였다.

어린아이들이 불장난을 좋아하는 이유는, 불의 거센 힘과 화려함에 끌려서이리라.

지골라스의 근원이라고 할 수 있는 이 기운은 가까이에서 보니 보석보다도 크고 예뻤다.

마법진이 없었다면 지골라스는 진작 화산 폭발로 인해서 수십 배의 규모로 더 커지거나 아니면 가라앉아 버렸을 것이다.

지골라스의 불안정한 마나를 포용하고 축적해 주는 마법진이 있기 때문에 여러 종족들이 생존할 수 있었다.

"쿠비챠는 이 마법진의 힘을 흡수하고 모든 종족들의 우두머리가 되려고 했지만 결국 스스로 파멸하고 말았소."

성공만 했더라면 드래곤급의 힘을 갖춘 몬스터가 탄생했을지도 모를 일.

혼돈의 전사들과의 싸움의 여파로 마법진에는 손상이 있었다. 벽의 일부에 균열이 가고, 천장의 귀퉁이가 무너지기

도 하였다. 불의 기운도 탈출을 도모하는 것처럼 위아래, 좌우로 흔들렸다.

하지만 마법진의 상처가 치유되는 것처럼 부서진 부분들이 스스로 고쳐지고 있었다.

주변의 흙과 돌들이 모여 갈라진 땅의 틈이 저절로 메워지고, 마법진이 더욱 깊게 새겨진다.

경이로움과 신비함에 입이 잘 다물어지지 않을 장관이었다.

잠시 후에 완벽해진 마법진! 그러자 불의 기운이 새하얀 화염을 뿜어냈다.

띠링!

화염의 대마법사 임벌의 마법진을 보셨습니다.
생명력이 900 증가합니다.
맷집이 35 올라갑니다.
불의 저항력이 영구적으로 7% 증가합니다.
마나의 생성 원리에 대해 이해력이 깊어집니다.
하지만 정령술사나 소환술사, 마법사가 아니라서 별다른 효과가 없습니다.

고대에 생성된 마법진이 활동하는 장면을 감상하셨습니다.
예술 스탯이 4 증가합니다.
지혜가 2 증가합니다.

다시 구성된 임벌의 마법진이 주는 효과였다.
그리고 연이어서 메시지 창이 떴다.
띠링!

레드 스타의 회수(3) 완료
혼돈의 대전사 쿠비챠는 그 생명을 다하고, 드래곤의 무기는 안전하게 회수되었다.
드래곤의 무기로 인해 벌어진 일은 이것으로 끝나지 않을 수 있다.
지골라스의 종족들도 분쟁을 멈추지 않을 테지만, 잠시 동안의 평온을 누릴 수 있으리라.
이 모든 모험을 일개 조각사가 이루어 냈다는 사실은 기적이라고 할 수 있다.
퀘스트 보상 : 드래곤의 검 레드 스타.
　　　　　　　 황금새가 황제의 의무에 대해 알려 주게 될 것입니다.

―모험에 대한 명성이 5,200 오릅니다.

―모험의 성공으로 니플하임 제국의 계승자라는 호칭을 얻었습니다.

―길고 어려운 퀘스트를 해결함으로써 모험가로서의 믿음을 쌓았습니다.
베르사 대륙의 각 교단, 왕국 들이 수행하는 모험의 책임자가 될 수 있습니다. 국왕이나 여왕, 백작 이상의 귀족을 후원자로 둘 수도 있게 됩니다.
악명을 가지고 있으면 도둑 떼나 반란군, 몬스터 집단의 우두머리들의 앞잡이도 가능합니다.

―퀘스트의 성공으로 인해 악명이 1,200 감소합니다.

-영웅적인 모험으로 신체 능력과 관련된 스탯들이 7씩 증가합니다.

-레벨이 오르셨습니다.

-레벨이 오르셨습니다.

-레벨이 오르셨습니다.

-레벨이 오르셨습니다.

-레벨이 오르셨습니다.

……

-지골라스의 혼돈의 전사들을 제외한, 다른 부족들과의 우호도가 중립과 친밀로 바뀝니다. 단 불의 거인들은 그대에 대해서 껄끄러운 생각을 가지고 있을 것입니다.

-베르사 대륙의 북부에 있는 이종족의 우호도가 증가합니다.

-베르사 대륙의 직업군에서 조각사들에 대한 존중도가 올라갑니다. 조각사들은 주민들로부터 존경을 받을 것이고, 식당에서도 무료로 음식을 먹을 수 있을 것입니다.

-조각사들이 만든 작품들의 가치와 거래 가격이 조금 오릅니다.

레벨이 9개 오르고 명성의 증가가 엄청났다.

'후원자라.'

국왕을 후원자로 두고, 큰 모험을 할 수도 있다.
 각 왕국들이 가지고 있는 신비와 전설, 보물 탐색을 위한 모험을 할 수 있는 것.
 위드에게 너무나도 위험한 자격이 주어져 버리고 만 것이다.
 마치 환상처럼 어떤 장면들이 떠오르려고 했다.
 위드가 중앙 대륙의 각 왕국으로 가서 국왕들을 알현하고 퀘스트를 받는다.
 "맡겨만 주십시오."
 "최고의 조각사인 자네를 믿겠네. 혼자서는 할 수 없으니 필요한 이들을 데려가도록 하게."
 국왕을 만나고 나서, 도시의 중심에서 사자후를 터트린다.
 "퀘스트를 할 사람들은 모여라!"
 어린아이부터 노인까지, 남녀노소를 가리지 않고 수천수만 명의 인원을 모험으로 끌어들인다. 그들이 생고생에 착취를 당하는 광경이 눈에 보이는 듯했다.
 로자임 왕국에서도 피라미드를 건설하면서 비슷한 의뢰를 받은 적이 있지만, 국왕이나 고위 귀족들이 지불할 수 있는 보상의 한계는 엄청났다.
 조각품을 만드는 것도 아니고, 대규모 원정대를 이끌고 모험이나 의뢰 해결, 혹은 엠비뉴 교단 같은 단체를 상대로 전쟁을 벌일 수도 있는 것.

"우후후후."

어디 그것뿐이던가.

드래곤의 검 레드 스타도 획득했다.

전투에 쓸 수 있을지 의문이고, 착용이 언제쯤 가능할지도 미지수!

어쨌든 S급 난이도의 의뢰를 해결하고 나니 위드의 입가에 평화로운 미소가 그려졌다.

"이제 머리를 감을 수 있겠군."

청결을 유지하면 왠지 퀘스트에 실패할 것 같은 불길한 느낌이었다. 무언가 최선을 다하지 않고 있는 것 같다는 불안감 때문이었다.

지골라스에서 탐험을 하는 내내 그래서 머리도 감지 않고 버텼다. 당연히 목욕도 하지 않았다.

"9개의 레벨이라… 스탯 창!"

캐릭터 이름 : 위드	**성향** : 도전적임
레벨 : 392	**직업** : 전설의 달빛 조각사!
칭호 : 이무기를 사냥한 지휘관	
명성 : 37,983	
생명력 : 31,360	**마나** : 17,905
힘 : 1,378	**민첩** : 1,065
체력 : 172	
지혜 : 205	**지력** : 198

투지 : 497	지구력 : 226
인내력 : 753	
예술 : 1,889	카리스마 : 414
통솔력 : 706	행운 : 75
신앙 : 115+435	매력 : 210+30
맷집 : 455	기품 : 36
정신력 : 25	용기 : 107
죽은 자의 힘 : 298	
공격력 : 5,641	방어력 : 1,820
마법 저항 불 : 27%	물 : 31%
대지 : 35%	흑마법 : 50%

+모든 스탯에 20개의 포인트가 추가됩니다.
+예술에 추가로 80개의 포인트가 부여됩니다.
+달이 뜨는 밤에는 30%의 능력치의 향상이 있습니다.
+아이템과 특화됨.
+모든 생산 스킬을 마스터의 경지까지 배울 수 있게 됩니다. 모든 아이템 제조와 제련의 스킬에 우대 적용. 최고급 스킬들을 배울 수 있습니다.
+특이하거나 예술적 가치가 높은 조각품을 만들면 명성이 상승합니다.
+조각품과 생산 스킬, 전투 경험, 퀘스트로 인하여 전 스탯이 132 증가합니다.
 조각품과 생산 스킬만으로 전 스탯을 100개 이상 증가시키면 대장인의 칭호를 얻을 수 있습니다.
+착용하고 있는 바하란의 팔찌로 인하여 전 스탯이 15 증가합니다.
+특수한 네크로맨서의 능력, 죽은 자의 힘이 몸에 깃들어 있습니다.

스킬 노가다에, 착실하게 스탯들을 키우다 보니 이제야 레벨 400에 가까워졌다. 물론 퀘스트를 통해서 얻은 경험치가 막대한 덕분이었다.

"그런데 죽은 자의 힘이라. 이게 언제 생겼지?"

어느새인지도 모르게 생성된 불길한 스탯이 있었다.

스탯이 오르는 메시지 창도 본 적이 없다.

"스탯 확인, 죽은 자의 힘."

> **죽은 자의 힘** : 오랫동안 언데드로 변했을 때 저절로 생성된다.
> 스탯 포인트의 분배가 불가능하며 언데드 상태에서 성장하게 된다.
> 언데드의 힘과 지능, 소환 능력, 흑마법의 위력을 높여 주지만 선한 종족들에게는 부작용이 생길 수 있다.
> 죽은 자의 힘은 전투에 따라서 급격하게 성장하기도 하며, 어느 순간부터는 다른 스탯들을 잡아먹으며 높아질 수도 있다. 기품이나 매력, 행운, 신앙, 도덕성 중에 취약한 것이 주요 먹이가 된다.
> 죽은 자의 힘이 다른 스탯들보다 압도적으로 높아지게 되면, 영영 언데드에서 인간으로 다시 돌아오지 않게 됨.
> 죽은 자의 힘에 따라서 휘하 언데드들에게 절대적인 지배력을 보인다.
> 죽은 자의 힘을 약화시키고 싶다면, 신앙심을 키우거나 고위 사제의 정화를 받는 편이 좋으리라.

언데드 상태에 있을 때 얻었던 스탯이지만 부작용이 심각했다.

보통의 네크로맨서도 아니고 고위 언데드인 리치로 변신해서 줄곧 사냥을 했더니 어느 순간 쌓여 버리고 만 것이다.

리치로 변했을 때 괜히 강한 게 아니라 이런 부작용도 자리를 잡고 있었던 것.

"298이라니, 우려될 정도로 높은 수준이군."

신앙 스탯이 높기 때문에 겨우 억제하고 있는 수준이었다.

"죽은 자의 힘에 대해서는 들어 본 적도 없는데."

로열 로드와 관련된 다른 정보 게시판에서도 이런 스탯은 본 적이 없다.

나쁜 짓에 있어서는 누구보다도 앞서 가는 위드였기 때문에 일어난 일.

리치의 힘에 매료되어서 전투를 치른 대가였다.

"모라타로 돌아가면 알베론에게 축복이라도 해 달라고 해야겠어."

프레야 교단의 차기 교황 후보가 있으니 이럴 때는 편하다고 할 수 있다.

불가능할 거라 생각했던 퀘스트도 마쳤고, 위드는 한숨을 돌리고 황금새를 향해 말했다.

"그러면… 제국을 건국하려면 뭐부터 해야 돼? 제국이 만들어지면 땅이나 세금 그리고 기사와 귀족 들의 작위도 팔 수 있는 거겠지?"

미역국을 통째로 집어삼킬 기세!

권력을 이용한 재물 축적에만 관심이 많은 위드였다.

그런데 황금새가 곤란하다는 듯이 설명했다.

"제국의 건국을 위해서는 몇 가지 필요한 조건들을 충족시켜야 된다."

위드는 당연히 그럴 것이라고 생각했다.

S급 난이도의 퀘스트가 틀림없이 대단하기는 했다. 지골라스까지 와서 모험을 할 정도였다.

하지만 의뢰 하나 해결했다고 해서 제국이 덜커덕 세워질 리가 만무한 일.

"그러니까 니플하임 제국의 건국을 위해서는 뭘 해야 되냐고."

"건국을 위해서는 신들의 인정이 있어야 된다. 베르사 대륙에 있는 교단 중에서 최소한 세 곳의 승인을 받아야 한다."

프레야 교단이야 위드와 밀접한 관계였다. 그들의 해결사 역할을 하며 성물도 찾아 주었으니 허락을 받는 건 어렵지 않으리라.

더구나 위드는 이미 차기 교황이나 다름이 없는 알베론을 구워삶아 놓았다.

든든한 줄을 잡고 있는 셈!

마탈로스트 교단과도 나쁜 사이가 아니고, 모라타에 신앙소를 세우는 조건으로 한 곳 정도의 친밀도만 높여 놓으면 되리라는 생각이 들었다.

명성도 남과 견줄 수 없이 높고, 엠비뉴 교단과 싸우면서 다른 교단들과의 우호도도 좋은 편이었다.

'그걸로도 부족하면 퀘스트 하나 큰 걸로 수행해 주지. 급하면 뇌물을 줘도 되고.'

돈독한 우정을 나누기 위한 최고의 가치. 안 될 일도 되게 만드는 게 로비와 뇌물이었다.

"신들의 인정은 받아야 되겠지. 축복 속에서 제국을 탄생시키고 싶으니까."

프레야 교단의 축복은 제국을 풍요롭게 만들 수 있으리라.

그러나 황금새의 조건은 그것으로 끝이 아니었다.

"북부에 있는 여러 종족들의 허가를 받아야 한다. 넓은 제국은 많은 이들을 포용해야 하니 그들 중에서도 5개 이상의 종족들이 참여해야 한다."

드워프, 엘프, 인간, 바바리안, 오크.

인구가 많고 쉽게 볼 수 있는 흔한 종족이 이 정도였고, 유사 인종이나 다양한 엘프족, 정령족, 몬스터 종족들을 포함하면 수십 개로 많아진다.

현재로써는 유저들이 선택할 수 있는 종족도 있고, 불가능한 종족도 있었다.

'제국을 만들기 위해서는 최소 5개 이상의 종족들을 포함해야 된다는 말이군. 그 종족들을 유저들이 택할 수 있게도 해야 되고.'

알려지지는 않았지만 게이하르 아르펜 황제가 만든 조각 생명체 종족들도 어딘가에 살고 있을 것이다. 천공의 도시에

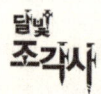

서 살았던 조인족들처럼 말이다.

그들을 구슬리기만 한다면 해결될 일.

조금 모험을 해야 될 것 같은 느낌이 들었지만, 위드는 그쯤이야 기꺼이 해 줄 수 있었다.

"그리고 제국의 건설을 위해서는 깨끗한 인간이 되어야 한다. 악명을 가지고 있으면 명예로운 기사들이나 귀족들이 따르지 않을 것이다."

악명은 몬스터들을 퇴치하고 퀘스트를 해결하는 등의 선한 행동으로 줄일 수 있다.

위드도 불필요한 악명을 점차적으로 낮추거나 없앨 생각이었으므로 어려운 조건이라고 느끼지는 않았다.

"설마 조건이 더 있는 건 아니겠지?"

"제국의 건설을 위해서는 방대한 영토뿐만이 아니라 인구도 필요하다."

"한 20만 명 정도?"

모라타의 인구가 그 정도는 되었다.

"적어도 천만 명은 있어야 한다."

"……."

"주민들이 자유롭게 능력과 취미를 개발할 수 있도록 여러 길드들이 자리를 잡아야 되고, 주기적으로 몬스터와 도둑 들을 퇴치해서 치안도를 높여야 한다."

위드는 어이가 없어서 이마를 찌푸렸다.

"몬스터들의 습격을 방지하기 위해서는 요새도 몇 개 있어야 되겠군."

"물론이다."

"……."

"충성스러운 엘리트 기사들이 500이 넘어야 되고, 중무장한 병사들도 3만 이상이 필요하다."

"그리고 또 있지? 여기서 끝나는 거 아니잖아."

"그렇다. 종교 시설들도 필요하고, 예술과 문화적인 만족도도 높아야 한다. 장인들의 기술도 발달해야 한다."

위드의 표정은 벌써 받을 돈을 떼인 사람의 얼굴이었다.

설날에 실컷 친척들에게 웃으며 세배를 해서 두둑하게 현금을 챙겨 놨는데 엄마에게 모조리 빼앗긴 어린아이의 표정!

― 나중에 네가 크면 10배로 불려서 줄게.

그렇게 사라진 돈은 절대 다시 돌아오지 않는다는 사실을 아는 어린아이가 느끼는 실망감!

"이제 끝난 거 아니지. 조건이 더 있겠지, 그렇지?"

"재정의 자립도도 높아야 되고, 고품질의 철광산을 비롯하여 자원이 많이 필요하다. 물품의 운송을 위하여 도로가 뚫려 있어야 되고 상업이 융성하게 발달해야 한다."

제국 건설을 위해서 넘어야 할 산들은 많고도 많았다.

위드는 간단히 결론을 내렸다.

'결국 모라타를, 제국을 넘볼 수 있는 수준까지 키워야 된다는 거군.'

니플하임 제국 건국이 가능하기는 하다.

그런 식으로 따진다면 동네 슈퍼는 백화점이 될 것이고, 여인숙은 특급 호텔이 되리라.

위드는 비로소 조금 반성하는 기분이 들었다.

퀘스트가 니플하임 제국의 건국과 이어진다는 이야기를 듣고 큰 환상에 허우적거렸는데 차가운 현실을 뒤집어쓰고 만 것이다.

'세상에 날로 먹는 건 없는 거로군.'

공짜가 없다는 것을 알면서도 어쩔 수 없이 바라는 게 사람의 마음이었다.

그래도 허탈함은 이루 말할 수 없었다.

위드는 황금새에게 가까이 오라는 손짓을 했다.

"뭐, 사정은 알았으니까. 여기 좀 와 봐라."

"무슨 일인가?"

"갑자기 좀 더 친근한 대화를 나누어야 될 이유가 생겼어."

그러자 누렁이나 토리도가 흠칫하더니 뒤로 물러났다.

위드를 오랫동안 겪어 본 그들이라면 절대 이런 분위기에 다가가지 않으리라. 하지만 황금새는 고고하게 머리를 바싹 들고 위드를 향해 걸어왔다.

위드는 부하 둘에게 명령을 했다.

"반 호크, 토리도. 전투준비."

"전투는 끝났는데 어째서?"

황금새가 의아한 듯이 고개를 들이대며 물었다. 일단 조류의 특성을 가지고 있는 이상 눈치는 없는 듯!

"일단 좀 맞자. 얄밉고 밉상인 너도 맞을 때가 됐어. 얘들아, 쳐라!"

황금새를 먼지 나게 두들겨 패는 위드!

반 호크와 토리도도, 마치 원수를 만나기라도 한 것처럼 함께 밟았다.

황금새는 은새에게 생명을 부여한 것으로 위드의 부하가 되었다. 원활한 명령 수행과 위계질서를 위해서 절대 좋은 방법이라고는 할 수 없지만, 효과가 가장 빨리 나오는 구타!

"억울하다. 사실을 말한 것밖에 없다."

"아직 덜 맞았구나!"

위드가 간과하고 있는 부분도 있었다.

제국이란 그냥 성이나 영지가 커진다고 해서 만들어지는 게 아니다.

퀘스트를 수행하면서 조각술과 조각 생명체들에 대한 배경을 알게 되었고, 북부 종족들에 대한 우호도 또한 올렸다.

게이하르 아르펜 제국 황제의 후인, 그리고 니플하임 제국의 정통 계승자!

대의명분마저 가지게 되었다. 어떤 뚜렷한 실리가 되어서 당장 나타나지 않더라도 무궁무진한 가치가 있을지도 모를 일.

위드도 황금새를 패면서 그러한 사실을 떠올렸지만 일단 무시했다.

'이미 얻은 것은 얻은 거고, 실망은 실망이야.'

날로 먹으려던 차에 밥그릇이 엎어진 격이었으니 황금새를 철저히 교육시키기로 했다.

아르펜 황제가 친히 만든 조각 생명체, 옥새를 따라서 장구한 세월을 살아온 황금새는 그렇게 맞으면서 부하가 되었다.

더 서러운 것은 서윤이나 은새나, 전혀 말려 주지 않았다는 점이었다.

'죽이진 않을 거야.'

태양 빛에 녹아 버릴 새벽안개처럼 희미한 믿음을 가지고 있는 서윤이었고, 은새는 똑바로 차렷 자세를 하고 서 있었다. 황금새가 맞는 것을 보면서 알아서 군기가 바짝 든 것이다.

"시간이 없어서 오늘은 이만한다."

위드는 10여 분의 짧은 구타 후에 여운을 남기며 손을 털었다.

황금새의 생명력은 상당히 떨어져 있었고, 윤기가 나던 깃털까지 군데군데 뽑혔다.

금빛 장식 깃털 : 내구도 35/35.
귀족들이 탐내는 깃털!
매우 희귀하여 찾아보기 어렵다.
준보석급으로 거래될 수 있으며, 액세서리 상점에 판다면 주인이 두 팔 벌려 환영할 것이다.
옵션 : 기품과 매력이 일정 비율로 상승.
　　　재봉이나 대장장이 제품을 만들 때 사용 가능.

물론 떨어진 깃털들은 위드의 배낭으로 들어갔다.
'주기적으로 깃털을 뽑아서 팔면 돈이 되겠군.'
은새까지 음험한 눈빛으로 쳐다보는 위드였다.
"그러면 다른 장소로 이동하지."
지골라스의 지하 지도를 펼치고, 다음에 가야 할 장소를 확인했다.
꿈의 조각 재료, '헬리움'.
조각술 마스터 데이크람이나 다른 조각사들이 향했던 장소로 가야 했다.
"여기가 지골라스의 중심이면서 가장 낮은 곳이니 올라가면서 샛길로 통해야겠군."
불의 강을 건너야 되고 좁은 통로들을 기어서 가야겠지만, 참아야 할 일.
위드는 앞장서서 걸음을 떼었다. 서윤과 부하들이 뒤를 따랐다.

"여기로 들어갔겠군요."

어쌔신, 도둑, 발굴가 들로 구성된 헤르메스 길드의 추적자들은 지상에서의 긴 탐색 끝에 위드가 들어간 인페르노 던전의 입구를 찾아냈다.

"확실한가?"

"틀림없습니다. 던전에 나오는 몬스터들이나 지형을 보면 확실합니다."

드린펠트와 그의 선원들이 중무장을 한 채로 뒤를 따랐고, 그리피스도 해적들과 함께 움직였다.

"던전을 우리가 첫 발견한 게 아니니 거의 틀림없겠군."

위드는 얼지 않는 강의 근처에 있는 던전에도 들어가지 않았다. 그런데 이곳의 던전은 누군가가 먼저 들어간 상태였다.

마법사 부대가 함께 따르고, 암살자들은 은신술을 펼친 채로 앞서거나 뒤에서 추적해 왔다. 위드를 상대하기 위한 만반의 준비가 갖춰졌다.

"며칠 정도면 그 종족 전쟁이 벌어졌단 장소에 도착할까?"

드린펠트의 말에 추적자들의 대표라고 할 수 있는 발굴가 타소르가 대답했다. 그는 던전 탐험에 대해서는 가장 전문가였다.

"바람의 움직임이나 방송에서의 영상을 보았을 때, 던전이 상당히 깊을 것입니다."

"구체적으로 얼마나?"

"용암 호수 비슷한 것이 있을 정도로, 대형 몬스터들이 날뛸 정도의 공간이라면 지골라스에서도 상당히 깊은 곳이겠죠. 몬스터들의 방해를 받을 것을 감안한다면 빨라야 사흘은 걸릴 겁니다."

혼돈의 전사들은 지긋지긋한 몬스터들이었다. 마법사들이나 성직자들이 부족할 때에는 그들로 인해서 피해가 컸다.

하지만 마법사들이 마나 역류, 공간 억제 등의 보조 마법을 펼치면 혼돈의 전사들의 순간 이동을 원천 봉쇄할 수 있다.

혼돈의 전사들을 사냥할 때마다 마나의 소모가 심하고 효율도 그리 좋다고는 할 수 없었지만, 확실한 방법이었다.

"지금부터는 최대한 빨리 간다. 사흘, 길어도 나흘 정도면 그곳을 바탕으로 위드를 추적할 수 있겠군!"

헬리움 광산으로 가는 도중에 잠깐의 휴식 시간. 서윤은 로열 로드에서 로그아웃하고 캡슐을 나왔다.

병실로 밝은 햇살이 비쳤다.

"아."

현실로 돌아오니 서윤은 다시 두려워졌다.

로열 로드에서는 말을 했지만, 어릴 때부터 오랫동안 남들에게 말하지 않았다는 공포감이 뒤늦게 밀려왔다.

'하지만 다시… 혼자 있고 싶지도 않아.'

로열 로드로 돌아가서 위드를 보면 편안해지고, 나누고 싶은 대화도 많았다.

이현, 그리고 로열 로드에서는 위드가 혼자 이야기하고 무언가를 할 때 친구로서 그리고 동료로서 함께할 수 있다.

서윤은 이제 말을 한다는 기쁨을 알아 버리고 난 후였다.

'무섭고 어려워도… 극복해야 해.'

서윤은 떨리는 입술을 뗐다. 현실에서도 말하는 것에 도전하려는 것이었다.

"몸…보신."

이현에게 받아 온 개의 이름을 불렀다.

몸보신은 햇빛이 잘 드는 창가에서 늘어져라 낮잠을 자던 중이었다. 그러던 차에 자신의 이름을 듣자 쫑긋 귀를 세우고 눈을 떴다.

서윤이 다시 말했다.

"보신아."

맛있는 식사와 잠자리를 주며 귀여워해 주던, 아름다운 주인이 부르고 있다.

멍!
몸보신은 그녀를 향해 꼬리를 흔들며 달려들었다.

조각사의 갱도

위드는 왔던 길을 몇 번이나 돌아보았다. 이미 누렁이와 황금새, 은새의 불신은 씻을 수 없는 상태였다.

"여기가 아닌가?"

"……."

"뭐, 돌아가면 되겠군."

길을 잘못 든 것도 벌써 열두 번이 넘었다.

막다른 길, 위험해서 통과할 수 없는 길, 너무 좁아서 지나치지 못할 길 등!

위드가 길을 못 찾는 편은 아니었지만, 땅속이라서 동서남북의 방향을 가늠하기가 어려웠다. 게다가 지골라스의 지하는 던전들끼리 연결되어 있는, 개미굴처럼 복잡한 구조였다.

수백 가지의 갈림길들이 나오고 복잡하게 퍼져 있다 보니, 원하는 목적지로 향하기 어려웠다.

더구나 헬리움이 있을 것으로 추정되는 장소도 지상을 기준으로 예측한 것이라 불분명했다.

서윤이 망설이다가 손을 내밀었다.

"제가 지도를 봐도 될까요?"

몇 번 말을 하고 나서는 이제 더듬거리지 않고 자연스러워진 그녀였다.

위드는 지하 지도를 건네주었다.

"원하는 대로 해. 근데 이 지도가 너무 복잡해서 길을 찾기가 쉽진 않을 거야."

그녀도 실패할 것이 분명했으므로 책임을 떠넘기기 위한 작전!

'초반이나 중간에 실패한 건 아무것도 아니야. 마지막에 실패한 사람이 전부 뒤집어쓰게 되는 거지.'

서윤이 지도를 잠시 살피더니 오른쪽을 가리켰다.

"여기로 가면 될 것 같아요."

"그렇게 생각해? 하긴, 원래 사람은 실수도 하고 그러니까. 어디, 그쪽으로 가 보자."

위드는 넓은 포용력을 보여 주기 위해서 마음에도 없는 말을 하며 뒤를 따랐다.

"200미터 정도 앞에서 뾰족한 종유석들이 나올 거예요."

서윤의 말은 귓등으로 흘려들었다.

"종유석들이야 어디든 많이 있지."

조금 걸으니 정말 종유석들의 틈을 헤치고 지나가야 하는 장소가 나왔다.

흔하게 보이는 종유석들이 아니라 기기묘묘하게 생겨난 종유석들. 맑은 물방울들이 떨어져서 마실 수도 있었다.

위드도 다시 인간으로 돌아오면서 음식과 물을 섭취해야 했다. 누렁이나 황금새, 은새도 갈증을 느끼던 차에 목을 축일 수 있었다.

"여기가 솟아오른 종유석 던전이네요. 그다음으론 굳은 용암 던전으로 들어갈게요."

큰 통로로 분출되다 만 용암들이 굳어 있는 던전이 나왔다.

위드도 헤매면서도 비교적 올바른 방향으로 움직였지만 서윤은 정확하게 길을 찾아가고 있었다.

상처 받은 자존심을 복구하기 위해서 위드는 누렁이를 향해 말했다.

"원래 나도 알고 있었던 길이야."

음머어어어.

"내가 길을 거의 다 찾았던 거라니까."

누렁이는 늘어져라 하품을 하면서 걷기만 할 뿐이었다. 쇠귀에 경 읽기라는 말처럼, 일절 관심이 없었다.

그녀 덕분에 길 찾기가 수월해져서 시간을 절약할 수 있었다.

 물과 식료품은 충분했지만, 던전의 중간에는 몬스터들이 계속 몰려들었다. 리치로 변해서 언데드들을 이끌고 다닐 때와 비교할 수는 없지만, 좁은 통로에서의 전투라서 반 호크와 토리도, 황금새, 은새 들의 연합으로 비교적 무난하게 싸울 수 있었다.

조각사 피에체의, 헤매는 희망을 감상하셨습니다.
예술 스탯이 2 증가합니다.
뛰어난 안목의 작품 감상으로 조각술 스킬의 숙련도가 약간 올랐습니다.

 통로에서 조각품이 발견되기 시작했다.
 어두운 통로에서 횃불을 들고 탐험을 하는 사람의 조각상!
 힘과 체력, 의지를 북돋아 줌으로써 회복 속도를 늘려 주는 효과가 있는 작품이었다.
 "지골라스에 온 조각사가 만들었겠군."
 헬리움 광산으로 추정되는 장소와는 멀리 떨어져 있는 곳이었다. 그곳까지 가려면 복잡한 갈림길을 지나야 했는데, 조각사가 길을 헤매다가 만들었을 것으로 추측되었다.
 "감정!"
 위드는 혹시나 싶어서 조각품의 추억 스킬을 활용했다.
 무기류와 방어구까지 살필 수 있는 감정 스킬과는 달리 작품을 직접 만지고 특별한 부분을 찾아야 한다.

 조각상의 손 부분, 조각칼을 단단히 쥐고 있는 부분을 통해 조각품에 간직되어 있는 추억을 보았다.

 "깜깜하군. 암흑이야."

 "……."

 조각품이 있는 장소는 칠흑처럼 어두웠으니 추억이라고 해도 보일 게 없었던 것이다.

 조각품을 만들 때에는 수염이 덥수룩하게 나 있는 사내가 작은 불빛에 의지해서 벽에 작품을 새기는 것이 보였다.

 몬스터로 인해 불안한 듯이 자꾸 뒤를 돌아보면서도 작품을 만들던 조각사.

 "계속 전진하지. 그리고 여기서부터는 지름길로만 가지 말고 다른 길들도 살펴볼 수 있을까?"

 "그렇게 할게요."

 뛰어난 조각사들의 작품들이 지하 통로에 조각되어 있었다.

 사람들이 찾지 않는 이곳, 10대 금역 중의 한 곳에 놔두기에는 너무나도 아까운 작품들이었다.

 이 작품들을 잊힌 채로 그대로 놔둘 수는 없지 않겠는가.

 '절대 예술 스탯을 얻기 위해서는 아니야. 숭고한 조각사들의 정신을 기리기 위해서라도 내가 작품을 봐 줘야지.'

드린펠트나 하벤 왕국 함대의 유저들은 적지 않게 화가 났다. 일부러 고생을 하라고 장난을 치는 게 아니라면, 왔던 길을 되돌아가는 도둑의 행동에 지쳤던 것이다.

그들뿐만 아니라 헤르메스 길드에서 함께 온 지원 병력도 불쾌한 얼굴이었다.

"또 2시간이 넘게 헤매고도 제자리로군."

"사흘이나 나흘이면 자신 있게 위드를 찾을 수 있다더니 오늘로 며칠째인지 모르겠어."

만약 위드가 던전을 나오는 중이라면 더 빨리 만날 수도 있다. 그렇기 때문에 잔뜩 긴장한 채로 전투준비를 했다.

헤르메스 길드원들이 있었기에 몬스터들과 싸우는 것은 어렵지 않았다.

지골라스를 파악한 후에 보내온 빙계 마법사와 샤먼 들에 의해서 불의 거인들도 조직적으로 사냥되었다.

초대형 보스급 몬스터라서 전투가 매우 힘들었지만, 정신계열 마법을 사용해서 명중율과 판단력을 떨어뜨리고 일제 공격을 통해 잡을 수 있었다. 불의 거인이 빙계 마법과, 얼음 속성이 부여된 화살을 한 지점에 맞게 되면 그곳의 육체가 파괴되어 버린다는 약점을 찾았던 것이다.

대규모 집단 사냥으로 몬스터들을 쓸어버리면서 전진하는

헤르메스 길드.

그렇게 해서 닷새 만에 인페르노 던전의 끝까지 들어갔다.

마법진을 발견하고, 여러 스탯들이 올라갈 때만 하더라도 표정들이 밝았다.

"이렇게 멀리까지 모험하는 것도 괜찮군요."

"모험을 오니 기분도 상쾌하고, 이런 보상까지 받을 수 있으니 잘 온 거 같네요."

하벤 왕국의 사냥터에서는 주로 경쟁적으로 레벨과 스킬 숙련도만을 올릴 뿐이었다. 고향을 떠나 지골라스의 던전까지 와서 스탯들이 올라가는 이득을 얻었다.

하지만 그 후로 추적대에 속한 발굴가와 어쌔신, 도둑 들은 위드의 뒤를 쫓는 데 어려움을 겪어야 했다.

"죄송합니다. 하지만 이쪽 길로 온 것 같은데……. 아시다시피 몬스터들이 많이 사는, 바닥이 돌로 되어 있는 지하 던전에서는 원하는 흔적을 찾기가 어렵습니다."

"벌써 스무 번도 넘게 같은 말을 들었습니다."

"조금만 더 시간을 주시지요."

"그런 말들을 들은 것도 며칠은 됩니다. 어쩔 수 없이 따라가고는 있지만 뭔가 소득이 있어야 될 게 아닙니까."

실질적으로 추적의 총책임을 맡은 도둑도 하고 싶은 말은 많이 있었다.

이렇게 깊고 넓은 던전에서 횃불이나 라이트 마법에 의존

해서 위드가 갔던 길을 추적하는 건 결코 쉬운 일이 아니다. 물론 발자국이 있기에 따라갈 수는 있었지만, 긴 시간 땅바닥만 보고 걸었더니 지긋지긋해서 미칠 지경이었다.

'분명히 이 길을 지나갔는데.'

동료 도둑들이나 발굴가, 어쌔신 들도 그의 말에 동의했다. 위드와 그 일행은 틀림없이 이 길을 통과했다.

"그런데 왜 왔던 길을 다시 돌아간 거야."

앞장서서 걸어가던 도둑의 말에 어쌔신이 한숨을 쉬었다.

"정말 영문을 모를 일이죠."

지골라스의 지하 던전들은 넓고 복잡했다.

위드는 던전들끼리 이어진 길을 따라서 좀 가다가, 방향이 아닌 것 같으면 지도를 보고 다시 갈림길까지 돌아갔다. 길이 완전히 막혀 있는 경우가 아니라면 그 정도는 헤맨 것의 계산에 넣지도 않았다.

그렇게 길을 잃고 돌아다닌 것을 따라가려니 뒤를 추격하는 입장에서는 짜증이 날 노릇이었다.

하지만 이것은 추적자들이 헤매는 결정적인 이유가 되지는 못했다.

알 수 없는 상대의 경로에 머릿속이 복잡해지기는 했지만 어쨌든 계속 흔적들을 추적하기만 하면 될 일이었다.

문제는 위드와 서윤의 발자국이 계속 바뀐다는 점이었다.

대장장이, 재봉 스킬로 만들어 낸 수많은 부츠들을 번갈아

서 착용하고, 심지어 인페르노 나이트나 혼돈의 전사, 다른 몬스터들의 발자국으로 위조까지 했다.

 몬스터들과 흔적이 뒤섞일 때마다 몇 배씩은 골치가 아파 왔다.

 영특한 누렁이는 황금새와 은새의 도움을 받아서 앞발을 들고 걷기도 했던 것.

 "이쪽 길이 맞는 것 같은데. 흔적은 엉뚱한 곳으로 이어져 있으니……."

 발굴가 타소르는 던전들의 경로를 추적하면서 지도를 그렸다.

 여러 길들을 토대로 지도를 만들었음에도 위드의 경로가 엉뚱할 때가 있었다. 중간에 흔적이나 길이 끊어지기도 했다.

 "이럴 수는 없는 건데. 도대체 어디를 가려고 이렇게 엉뚱하게 움직이는 거지?"

 위드는 추적자들에 대해서 짐작을 하고 있었다.

 '방송이 되면 인페르노 던전으로 쫓아올 수도 있겠지.'

 던전의 지형이나 배경을 보고 추적을 해 올 가능성이 있다. 설혹 찾지 못하더라도, 만일의 사태에 대비해 두어서 나쁠 건 없다.

 이런 외딴 던전에서 복수의 칼을 갈고 있을 드린펠트나 그리피스를 만난다면 위험하기 때문이다.

던전이 넓으니 신발 바꿔 신기만으로도 혼란을 줄 수 있고, 정령도 이용할 수 있다.

"흙꾼아, 길을 막아 버려."

"알겠습니다, 주인님."

"겉으로는 자연스럽게 해야 된다."

"노력해 보겠습니다."

"발자국 흔적도 감춰. 다른 길로 걸어간 걸로 위장해 놓도록 해."

흙꾼을 시켜서 길을 막아 버리거나, 발자국이 엉뚱한 장소로 이어지게 했다.

숲에서 정령술을 펼치는 엘프들을 추적하기 어려운 것처럼, 정령들이란 흔적을 조작하기에는 최고였다.

어쌔신과 도둑, 발굴가 들은 미세한 발자국들까지 파헤쳐야 했다. 막혀 있는 길은 삽을 들고 파서 뚫거나, 다른 던전들을 우회해서 멀리 돌아오느라 추적이 느려졌다.

조각사 무르니의, 돌멩이에 새긴 꽃을 감상하셨습니다.
예술 스탯이 1 증가합니다.
뛰어난 안목의 작품 감상으로 조각술 스킬의 숙련도가 약간 올랐습니다.

피에르의 명인 조각사 이반체의, 곡괭이를 든 조각사를 감상 하셨습니다.
예술 스탯이 3 증가합니다.
뛰어난 안목의 작품 감상으로 조각술 스킬의 숙련도가 약간 올랐습니다.

위드와 서윤은 던전들을 돌아다니면서 작품들을 감상하며 헬리움이 있을 것으로 추정되는 장소로 향했다.

조각사들이 몬스터에게 도망치고 자연 재앙에 목숨을 잃으면서 왔던 길을, 조각 생명체와 서윤 덕분에 조금 수월하게 올 수 있었다.

오는 도중에도 물론 많은 조각품들을 발견했다.

"머리 장식이 은으로 되어 있군. 세공 솜씨가 좋아서 가격이 꽤 나가겠는데."

그가 지나갈 때마다 조각상의 귀금속류가 감쪽같이 사라지고, 비싼 광물들로 만든 조각품들도 해체!

있다면 조각상의 금이빨까지 뽑아 갈 사람이 위드였다.

그리고 드디어 낡은 팻말이 세워진 장소에까지 도착했다.

헬리움 광산

지금이라도 늦지 않았으니, 꿈을 가진 젊은이여, 여기서 발을 돌려라. 삶도 예술이라는 것을 나는 너무 늦게 깨달았다.

헬리움 탐사에 나선 조각사들이 들어간 광산에 도달한 것이다.

지지대로 세워진 나무들이 다 썩어 들어가는 갱도의 입구가 시커멓게 입을 벌리고 있었다.

광부가 던전 탐험을 위해 구성된 파티를 결성해서 왔더라도 헬리움 광산으로는 함부로 들어가지 못한다. 파티를 해체하고 1~2명의 소수만이 탐험을 할 수 있을 뿐이다.

"이 너머에는 뭐가 있을지 알 수 없겠군."

위드는 광산 탐험은 여러모로 껄끄럽다고 생각했다.

조각사는 길을 찾는 행운의 곡괭이질이나 지질 추적 등, 광산 탐험에서 유용한 스킬을 가지고 있지 않다.

그러면서도 돌아 나가지는 못했다.

"조각술과 관련된 것만 아니라면 나갈 수도 있겠지만 결국 언젠가 한 번은 오게 될 것 같아."

헬리움 광산으로 들어가기로 결정!

위드는 배낭을 열어 보았다.

모험을 하면서 직접 만든 보리 빵 20개, 식수를 열 통 이상은 항상 넣고 다녔다.

인간으로 돌아왔으니 그도 먹어야 산다. 슬로어의 결혼식에서 챙긴 고급 음식들은 유통기한이 짧아 이곳까지 오면서 모두 먹었다.

보리 빵 35개가 있었고, 식수도 여덟 통이나 남았다. 그러고도 부족하다면 누렁이의 배낭에서 물과 식량을 채울 수 있었다.

"그래도 음식을 아껴 먹어야 되겠군."

조각 변신술을 이용하여 음식을 섭취하지 않아도 되는 리치로 변할 수도 있을 것이다.

하지만 광산 안에 시체가 별로 없다면 언데드를 소환해서 싸우기 어렵다. 전투력으로만 보면 크게 도움이 되진 않으리라.

위드가 광산으로 들어갈 준비를 할 때에, 서윤도 그녀의 배낭을 점검하고 있었다.

위드가 고개를 저었다.

"넌 여기에서 애들을 지켜 줘."

서윤과 같이 들어가고 싶은 마음이 컸지만, 광산 밖에서 누군가는 기다리는 사람도 있어야 한다.

추적자들이 쫓아와서 입구를 장악해 버리면 큰일이기 때문이다. 누렁이나 황금새, 은새까지 모두 죽일 수는 없었다.

"놈들이 나타나면 도망쳐도 돼. 안전한 장소에서 내가 나올 때까지 기다리면 되니까. 그리고 나는, 혹시 모르니까 한 녀석만 데리고 들어갈게."

위드는 조각 생명체들에게로 눈길을 돌렸다.

헬리움 광산 안에서 모험을 함께할 부하를 골라야 한다.

짹짹짹.

황금새가 딴청을 피우는 듯이 고개를 돌리고, 은새는 배를 부여잡고 땅바닥을 구르며 아픈 척을 했다. 누렁이는 힘든 척 네 다리를 비틀거렸다.

'나를 고르진 않겠지.'

세 조각 생명체들의 공통적인 생각이었다.

광산으로 들어가서 고생을 하고 싶지는 않았다.

던전은 지긋지긋했지만, 광산이라니! 육체적으로 굉장히 고된 장소가 아니겠는가.

품위를 중요시하는 조각 생명체에게 있어서는 절대로 가고 싶지 않은 장소!

위드가 마침내 함께 갈 조각 생명체를 정했다.

"누렁아, 나랑 같이 들어가자."

누렁이에게는 청천벽력과도 같은 결정이었다.

게다가 위드의 시선이 미치는 곳은 누렁이의 몸통에 붙어 있는 꽃등심이었다.

'배가 고프면 육회라도……'

위드는 입맛을 다셨다.

"그럼 헬리움을 찾아올게."

위드는 정말 들어가고 싶지 않아 하는 누렁이의 목덜미를 잡고 광산 안으로 걸어갔다.

오랫동안 닫혀 있던 헬리움 광산의 탐험자가 되셨습니다.
혜택 : 명성 100 증가.
　　　일주일간 경험치, 아이템 드랍률 2배.
　　　첫 번째 사냥에서 해당 몬스터에게 나올 수 있는 것 중에 가장 좋은 물건 아이템이 떨어집니다.

위드와 누렁이는 광산에 뚫려 있는 좁은 길을 걸었다.
어둡고 탁한 공기.
어디선가 물방울이 떨어지는 으스스한 소리가 들렸다.
무엇이 갑자기 튀어나올지 모를 오싹한 분위기.
발소리가 크게 울렸다.
위드는 죽은 조각사들의 시체들을 발견했다.
"조각칼이로군."

-체페른의 조각칼을 습득하셨습니다.

자하브의 조각칼보다는 크게 못했지만, 조각칼을 비롯하여 여러 세공 도구들을 얻었다.
월석이나 공작석 등 귀한 조각 재료들도 획득!
"죽은 조각사들인가."
헬리움 광산의 입구 부근은 웬만한 공포 영화보다도 무서운 분위기였다.

"조각 도구들은 거래 가격이 싼데."

조각 재료들은 직접 쓰면 되겠지만, 큰돈이 안 되는 물건들밖에 없는 것에 실망!

어둡고 캄캄하더라도 위드는 두려움이 없었다.

좁은 통로에서 갈림길이 8개나 나왔다.

길을 알려 주는 이정표라도 있으면 좋겠지만, 그렇지도 않았고 흔적들을 추적할 수 있는 스킬도 없다.

"모두 들어가 봐야겠군."

헬리움 광산은 미로처럼 되어 있을지도 모른다는 불길한 예감이 들었다.

"많은 조각사들이 실패했으니 무언가 어려운 면이 있겠지. 이 정도에 어렵다고 느낄 필요는 없어."

타의 추종을 불허하는 노가다에 대한 의지!

2개의 갈림길을 통해서 채굴 지역에 도착했지만, 천장이 무너져서 막혀 있거나 용암이 가득 차 있었다.

"여섯 곳만 더 가 보면 돼."

가끔씩 조각품들이 발견되어서 섭섭함을 덜어 줬다.

식량과 식수가 조금 줄어들었다. 그리고 갈림길들은 다른 갈림길로 이어지고, 다시 갈림길들이 나왔다.

우려했던 대로 끝없는 미로로 연결되고 말았다.

"주인, 일단 왔던 장소로 돌아가 보면 어떨까?"

누렁이가 의견을 냈을 때, 위드도 비슷한 생각을 하고 있었다.

미로는 처음부터 차근차근 살펴봐야 헤매지 않는다. 갇혔다는 생각이 들면 그때부터는 조바심을 낼 수밖에 없고, 그러면 매우 위험해지는 것이다.

"나도 알아. 그런데 지금 길을 잃어버린 것 같거든."

위드는 뒤를 돌아보았다. 시커먼 어둠만이 자리하고 있었다.

갈림길들이 연결되어 있을 뿐만 아니라, 오면서는 그림자에 덮여서 보이지 않던 장소에도 통로들이 이어져 있었다.

"일단 왔던 곳까지 가 보자."

위드와 누렁이는 거꾸로 되짚어가려고 했다.

길 찾기에서 서윤보다는 약했지만, 위드도 웬만한 미로들은 우습지 않게 통과했던 경험이 있다. 마법의 대륙에서도 많은 미궁들을 해체하면서 사람들을 놀라게 만들었다.

그런데 직접 비슷하게 생긴 좁은 통로를 걸으면서 길을 찾기란 대단히 어렵다.

게다가 이곳의 어디에 헬리움이 있을지도 모르지 않는가!

위드는 결국 입구로 돌아가는 것을 포기하고 말았다.

"잘못된 길을 두 번 이상 들게 되면, 정확하게 길을 알지 않고서는 왔던 곳으로 돌아가지 못해. 그건 헬리움을 찾는 것만큼이나 어려울 거야."

 그때부터 위드의 눈초리가 땅에 떨어진 동전을 보았을 때처럼 날카로워졌다.

 '이곳에 다른 인간이나 조각사는 지금 없는 것 같다. 몬스터들이 나올 것 같은 분위기도 아니고……'

 몬스터라도 나오면 사냥을 해서 길을 물어보면 된다.

 좁은 통로가 이어져 있기에 고블린 따위의 몬스터들밖에 살 수 없겠지만, 놈들의 역한 냄새 등은 맡아지지 않았다.

 '이곳은 조각사들이 많이 들어온 장소야. 그러니까 길을 찾는 방법이 있을 것이다.'

 위드는 냉정하게 생각을 해 봤다.

 미로 전체의 난이도가 어떨지는 모르겠지만, 조각사들이 만든 광산이라는 데 암시가 있으리라.

 '조각사들은 몬스터들은 물론이고 다른 침입자들도 달가워하지 않았을 것이다.'

 그렇다면 허락받지 않은 침입자들을 물리치기 위한 미로일 수도 있다.

 "조각사들이 남겨 놓은 것은… 결국 조각품뿐인데."

 위드는 통로마다 가끔씩 조각품들이 떨어져 있는 것을 알고 있었다. 값이 나가는 물건들은 빠뜨리지 않고 호주머니에 챙겨 왔다.

 "이게 조각사에게 따라오라는 암시일 거야. 감정!"

위드는 조각품에 간직되어 있는 추억을 보았다.

갈림길에서 조각품을 만들고 나서, 횃불을 들고 어느 한 방향으로 떠나는 조각사의 뒷모습!

"이곳이구나."

위드는 자신 있게 걸음을 옮겼다.

조각품이 그를 바른길로 인도하고 있었다.

조각품을 챙기는 것은 나중에 나갈 때를 대비해서 일단 중단했다.

그렇게 1시간 정도를 누렁이와 함께 걸었다.

위드의 지구력과 인내력은 최소한의 식량 섭취로도 버틸 수 있는 정도였다. 생존력에 있어서만큼은 바퀴벌레를 완전히 압도한다.

내일 지구가 멸망하더라도, 마트에서 1+1로 행사하는 대형 세제를 구입할 사람이 위드.

누렁이는 스스로 먹을 식량을 지고 다녔으므로 꽤 오랫동안 걱정하지 않아도 됐다. 동물의 고기 말린 것, 식물들로부터 추출한 엑기스들을 섞어서 사료를 만들어 포대째로 가지고 있었다.

한참을 걸은 후에 미로의 끝에서 드디어 광산용 수레를 발견했다. 수레는 갱도를 달리는 철로에 연결되어 있었다.

"광산용 수레를 타고 가면 조금 더 빨리 갈 수 있겠군."

그러나 누렁이는 수레에 대해서 상당히 비관적인 생각을 했다.

"주인, 그냥 걸어가는 편이 나을 것 같다."

"시간이 얼마나 걸릴지 모르는데, 수레를 타고 가야지."

"차라리 나를 타고 가는 게 어떻겠나."

"고생시키지 않을 테니까 나만 믿어. 그런데… 네가 앞에 타."

위드는 누렁이를 태우고 수레의 뒤쪽에 탑승했다.

충돌 시의 최소한의 안전장치인 황소 몸통!

광산용 수레의 뒤쪽에 묶여 있는 쇠사슬을 풀어내고, 걸려 있는 막대를 아래위로 오르락내리락했다.

막대의 힘을 이용해서 바퀴를 굴릴 수 있었다.

끼이이이이잉.

거친 쇳소리를 내면서 전진하기 시작하는 광산용 수레.

막대를 움직일 때마다 수레에 점점 가속도가 붙었다.

"제법 빨라지는데."

위드는 막대를 놓고 사냥에서 주운 야광석을 이용하여 수레의 전방을 비춰 보았다. 굴곡진 갱도에서는 앞에 뭐가 있는지 확인이 어려웠다.

지하로 내려가는 방향이라서 수레는 갈수록 빨라졌다. 미로를 벗어나서 상쾌하게 달리는 수레!

누렁이가 머리를 바싹 숙이고 얘기했다.

"주인, 천천히 가면 안 되나."

위드도 앞에 뭐가 나올지 모를 마당이니 속도를 늦춰야 한다는 생각이 들었다.

"그러면 속도를 줄이도록 하자."

오른쪽에 있는 강철 막대기를 들어 올리면 철로의 양쪽에 마찰 면이 달라붙어서 멈추게 만드는 방식이었다.

위드가 막대를 들어 올렸다.

차카카카캉!

수레의 뒷부분에서 엄청난 불똥이 튀면서 속도가 약간 늦춰졌다.

"역시 나만 믿으면 된다니까. 넌 나 같은 주인을 만나서 이렇게 편하게……."

위드가 막 말을 끝맺기도 전에 철로의 경사가 거의 깎아지듯이 아래로 향했다.

수레의 속도가 기하급수적으로 빨라진 것은 당연지사!

"주인, 무섭다."

"알았어. 여기서 멈출게!"

위드는 제동장치를 최대한의 힘으로 들어 올렸다.

스탯을 힘과 민첩에만 투자했기에 어마어마한 괴력이 있었다. 큰 바위를 거뜬히 올릴 힘으로 제동장치에 힘을 가했다.

하지만 오래된 제동장치는 과도한 속도를 감당하지 못하고 바퀴와 연결된 중간 부위가 떨어져 나가고 말았다.

좌우로 흔들거리면서 맹렬하게 전방으로 쏘아져 나가는 수레!

위드는 판단을 내렸다.

"음. 고장이로군."

위험할수록 냉정해져야 할 필요가 있다. 그러므로 남의 일처럼 객관적으로 상황을 분석해서 누렁이에게 전달했다.

"어쩌냐. 이 수레를 멈추게 못 할 것 같아."

음머어어어어어어어어!

"이대로 철로를 이탈해서 어디 부딪치면 확실히 죽겠군."

조금의 희망 따위도 일으키지 못하는 절망적인 설명!

광석 운반용 수레는 점점 가속도가 붙어서 무지막지한 속도로 갱도를 내달렸다.

"그래도 희망적인 건… 죽을 때 고통은 못 느낄 것 같아."

공포에 질린 누렁이가 도살장에 끌려가는 소 울음소리를 내며 울었다.

갱도의 나무 지지대들 사이를 통과하며 지하로 향하는 광산용 수레는 가공할 정도로 빨라졌다.

"몸을 낮추고 꽉 잡아!"

철로는 일직선으로 뚫려 있는 게 아니고 원만한 곡선을 그리기도 했다. 그럴 때마다 제한속도를 초과해서, 수레와 몸 전체가 이탈할 것처럼 옆으로 쏠렸다.

넘어지기라도 하면 큰일이었지만 수레는 덜커덩거리면서

계속 지하로 향했다.

답답하고 꽉 막혀 있는 지골라스의 던전과 광산을 모험하면서 오랜만에 경험하는 짜릿함!

위험하기는 해도 감히 다른 생각을 할 수 없을 정도로 온몸에 긴장이 흘렀다.

그리고 잠시 후에는 오르막이 나오면서 자연히 속도가 감소했다.

누렁이가 기쁨의 울음을 터트렸다.

"주인, 이제 우리 살 수 있을 것 같다!"

위드도 다행스럽다는 생각에 말했다.

"그래도 우리는 참 운이 좋아. 중간에 철로가 끊어져 있다거나 하지 않아서 말이야. 오랫동안 누구도 쓰지 않았을 갱도인데 철로가 멀쩡하다니 기적 같은 일이잖아."

오르막이 이어지는 부분에서 철로는 넓은 지하 공동으로 연결되어 있었다. 깊이를 알 수 없을 정도로 까마득한 절벽과 절벽 사이로.

그런데 말이 씨가 된다는 이야기처럼, 중간에 철로가 30미터 정도 뚝 끊어져 있는 것이었다.

누렁이는 죽음을 떠올렸다.

"주인, 세상을 경험할 수 있게 해 줘서 고마웠다. 모라타에 있는 내 새끼 소들을 부탁한다."

처절한 심정으로 유언을 남겼다.

꽃등심도 남기지 못하고 죽을 신세였지만 새끼 소들에 대한 애정은 남아 있었던 것이다.

위드는 포기할 수 없다는 듯이 대답했다.

"널 이렇게 무의미하게 죽일 수는 없어. 나에게 네가 어떤 존재인데 금인이에 이어서 너까지 죽게 만들겠니?"

마지막 순간의 따뜻한 말 한마디에, 뭉클해진 누렁이는 감동을 받으려고 했다.

위드에 대한 모든 원망이 사그라지려고 할 무렵.

"이렇게 육질 좋고 탐스러운 꽃등심에 아롱사태, 갈비 살이 아까워서라도 널 죽게 만들지는 않을 거야. 절대 포기하지 마!"

위드는 막대를 열심히 올리고 내리며 수레에 추진력을 더했다.

철로가 끊어진 부분까지 눈 깜짝할 사이에 도달했다.

광산용 수레는 철로가 없는 곳에서 아래로 뚝 떨어지지 않고 속도를 유지한 채 포물선을 그리며 날아올랐다.

철로와 바퀴가 연달아 부딪치며 내던 소음도 없고, 몸 전체가 붕 뜬 것 같은 기분이 들었다.

아주 짧은 시간 동안 무서운 속도로 공중을 날아서 반대편 철로에 안착했다.

콰과과과광!

수레가 철로에 미끄러지면서 뒤쪽으로 엄청난 불똥을 튀

졌다.

　수레는 아슬아슬하게 선로를 이탈하지 않고 계속 갱도를 전진했다. 그리고 수정들이 번쩍이는 동굴로 진입했다.

"여기서 죽지는 않았구나."

　누렁이가 한숨을 겨우 돌리려고 할 때, 위드가 다행스럽다는 듯이 말했다.

　"우린 정말 엄청난 행운아들이군."

　"……?"

　"상식적으로 그렇잖아. 오랫동안 관리 안 된 철로가 어떻게 한 군데 외에는 모조리 멀쩡할 수 있어. 뭐라도 막고 있거나 그래야 정상인데."

　바로 그 순간, 천장에서 떨어진 듯한 집채만 한 수정이 철로를 가로막고 있는 것이 보였다.

　"부딪친다. 고개 숙여!"

　위드와 누렁이는 수레에 몸을 숨겼다. 그리고 강철 수레가 엄청난 속도로 수정에 부딪쳤다.

　콰과광!

　수레는 수정 덩이를 박살 내면서 돌파했다.

　위드는 주변의 시야를 원활하게 확보하기 위하여 빛의 조각술을 이용하여 몸 전체에서 빛을 내고 있었다. 부서진 수정 알갱이와 먼지들이 빛나면서 더없이 황홀한 광경을 보여 주었지만 그조차도 알아차리지 못할 정도로 순식간에 지나쳐 버렸다.

위드가 말했다.

"그래도 한 번이니 행운이라고……."

콰광!

"두 번 정도는 예의잖아."

풍, 퍽! 파사삭. 파박!

수정 덩어리들을 연속으로 돌파하며 수레의 속도가 많이 늦춰졌다.

충격이 거듭되면서 강철로 되어 있는 수레의 앞부분도 부서지고, 누렁이와 위드의 생명력도 많이 감소했다. 맷집과 인내력이 없었다면 정말 위험할 수도 있었다.

위드보다는 앞에 탄 누렁이가 여러모로 생명력의 피해가 큰 상태!

"그래도 수정이라서 다행이잖아. 어쨌든 살아는 있으니……."

막 말을 끝맺기 전에 철로가 끊겼다. 그리고 정면에 꽉 막혀 있는 바위 벽의 등장!

우우우우우!

누렁이가 거칠게 울부짖었다.

질긴 목숨에 대해 최후를 떠올릴 무렵이었다.

"빛날아!"

금인이가 죽고 나서, 빛의 날개는 다시 위드에게로 돌아왔다.

위드가 태연할 수 있었던 것은 그 빛의 날개를 믿고 있었기 때문!

우직한 누렁이를 놀리기 위해서 이런저런 말을 했을 뿐 몸통을 끌어안고 날개를 펼칠 순간만 기다리고 있었다.

등에서 찬란한 빛으로 된 날개가 펼쳐짐과 동시에, 위드는 누렁이와 함께 수레를 탈출했다. 천장에 부딪치고 벽에 40미터를 넘게 밀리고 나서야 몸을 가눌 수 있었다.

그들이 피신하고 난 이후에 수레는 굉음과 함께 바위 벽에 부딪쳐서 완전히 산산조각 나고 말았다.

위드가 빛의 날개를 펄럭이며 말했다.

"이제 살았군. 그래도 멀쩡히 잘 도착했으니 됐잖아."

간신히 생명을 부지해서 기쁘다거나 희망이 보인다기보다는, 그 말이 씨가 되어 어떤 끔찍한 일이 벌어질지 누렁이는 두려웠다.

"누렁아, 우리 돌아갈 때도 수레 타고 갈까?"

커피 데이트

KMC미디어를 통해 나간 위드의 퀘스트 방송은 사상 최대의 시청률을 기록했다.

방송가에서 시청률에 대해 파다하게 화제가 되고 있을 무렵에, KMC미디어에서는 후속 프로그램을 편성했다.

"위드의 모험을 거의 실시간에 가깝게 방송하느라 영상도 편집도 완벽하지 않았어. 충분한 시간과 인력을 투입해서 제대로 방송을 해 보도록 하지."

성공을 자축하는 회식도 그날의 저녁으로 끝내고, 토요일에도 작업에 전념했다. 그리하여 위드의 모험 완전판이 3부에 걸쳐서 제작되었다.

1부 통곡의 강

조각품 수리의 모든 것, 그리고 인도자들의 동맹을 재결성하여 엠비뉴 교단에 맞서는 위드

2부 지골라스의 상륙자

기나긴 항해, 신비로운 바다를 건너 지골라스에 온 위드의 정착기

3부 다크 메이지

언데드 군단을 이끌고, 혼돈의 대전사 쿠비챠의 군대와 싸우는 위드. 그리고 본 드래곤

 핵심 부분은 생방송에 가깝게 중계가 되었다고는 하지만, 시청자 게시판에는 재방송이나 본편을 방송해 달라는 요청이 빗발치는 와중이었다.
 "방송 날짜는 언제로 할까요?"
 "일요일 오후로 하지."
 시청률이 가장 높은 시간대로 결정됐다.
 KMC미디어에서는 일요일 저녁에 위드의 모험 완전판을 방송하기 전에 30초 분량의 홍보 광고부터 하기로 했다.
 강 부장은 광고 제작에서도 수완을 발휘했다.
 "1부에서는 엄청난 조각품들을 수리하는 장면을 짧게 넣

고, 킹 히드라와 이무기, 리치 바르칸 등과 맞붙어서 싸우는 걸로 해. 2부는 화산 폭발과, 언데드 군단을 이끌고 하벤 왕국의 함대와 해적들과 싸우는 장면. 그리고 3부는…….”

연출자들이 난색을 표했다.

"3부의 내용까지 광고에 담으려면 시간이 너무 부족합니다."

"3부는 간단히 본 드래곤의 머리 정도만 보여 주도록 해. 본 드래곤이 포효하는 것으로 광고를 끝낼 수 있도록."

그렇게 만들어진 홍보 영상은 KMC미디어에서도 훌륭한 작품이라고 자평할 수 있을 정도였다.

전운이 감도는 통곡의 강에 웅장한 음악과 함께 모여든 대군, 솟구치는 용암을 배경으로 인간들을 공격하는 리치, 그리고 본 드래곤!

예고편만으로도 시청자들은 안달을 내며 본편의 방송을 기다렸다. 그리고 시작된 방송에서 게임 방송 통합 시청률 63.9%를 달성했다.

순간 시청률이 아니라서 더욱 값진 기록이었고, 위드의 이름은 로열 로드를 하는 사람이라면 모를 수가 없게 됐다.

위드의 모험에 대한 이야기는 로열 로드와 관련된 인터넷 게시판에서 연일 화제였다.

-항해에 대해서 궁금합니다. 나룻배부터 몰다 보면 대형 범선은 언제쯤이나 탈 수 있겠습니까? 뜨거운 햇볕 아래 노 젓기가 너

무 힘들어요.

 -물고기를 키워 보세요. 많이 알려지지 않은 비법인데요, 막 태어난 돌고래를 4개월 정도 음식을 주면서 키우면 항해 속도가 빨라지고 스킬 숙련도도 잘 오릅니다. 새들을 키워도 도움이 되죠. 망망대해에서 외로워하지 마세요. 항해는 자연과 함께하는 겁니다.

 -바다에서도 모험을 할 수 있나요? 지금 위드가 발견한 섬, 혹은 신대륙에서의 탐험을 우리도 할 수 있을까요?

 -할 수 있습니다. 바다에는 알려지지 않은 섬이나 땅이 많습니다. 보물섬에 대한 전설이야말로 항해자들의 꿈이라고 할 수 있죠.

 -노리타 항해연합입니다. 현재 베키닌 인근의 경치를 구경할 수 있는 패키지 상품이 절찬리에 판매되고 있습니다.

 위드의 모험이 방송되고 난 이후에, 비주류의 상징이나 다름없던 바다로의 관심도 촉발되었다.

 드넓은 해양과 넘실거리는 파도 그리고 따스한 햇살 속으로 돛을 펼친 채 나아가는 낭만이 바다에 있었다.

 네크로맨서에 대한 열망도 들불에 휘발유를 뿌린 듯이 퍼져 나갔다.

 -네크로맨서로 전직하신 분들께 여쭙겠습니다. 2차 전직을 마친 빙계 마법사인데 지금이라도 전공을 바꾸는 게 좋을까요?

 -리치! 완전히 제가 꿈꾸던 직업입니다. 야비하고 강하고… 남의 생명력도 흡수하고! 네크로맨서는 남들과 친밀도를 쌓기 어렵다거나 사람을 죽이면 악명이 잘 쌓인다는 이야기가 있던데, 괜찮습

니다. 저는 원래 친구가 없거든요.

 -네크로맨서들끼리 모험 파티를 만드는 건 어떨까요? 스켈레톤 5,000마리로 던전을 탐험하면 죽여줄 텐데요.

언데드 군단을 끌고 다니는 만큼 강하지만, 고독하게 혼자서 밤에 주로 사냥을 한다.

단일 직업으로는 최강의 전력을 자랑하는 네크로맨서.

악취와 들끓는 파리 등으로 인해 비호감이 되었지만 다시 인기였다.

기존의 네크로맨서들도 리치로의 승급을 위해서 탐험과 레벨업에 열심이었다.

베르사 대륙에서는 남들이 해 보지 못한 모험을 하기 위해서 마을과 성에서 장비를 맞추고 동료를 구하는 모습들을 흔히 볼 수 있었다.

 ― 불가능을 가능하게 만드는 모험가.

 ― 발걸음으로 길을 만든다.

 ― 전쟁의 신. 포기하지 않는 영웅.

위드에게 부여되는 수식어들도 거창해졌다.

베르사 대륙 내에서 영웅이 만들어지는 것은 순식간이었다.

바드와 댄서 들이 대륙을 돌면서 유명인에 대한 공연을 한다. 위드와 몬스터들의 분장을 한 채로 거리에서 열리는 공연들은 사람들을 즐겁게 만들었다.

로자임 왕국에서부터 만들었던 위드의 조각품에도 변화가

생겼다.

> **여우의 조각품** : 내구도 9/10.
> 세밀하게 조각된 여우의 작품.
> 세라보그 성 앞에서 흔히 볼 수 있는 여우를 대상으로 조각되었다.
> 대량으로 단시간에 많이 만들어진 작품 중 하나다. 숲에서 주울 수 있는 흔한 나무로 만들어졌다.
> 오랜 시간이 지났음에도 불구하고 잘 간직되어 생생한 모습을 유지하고 있다.
> **예술적 가치** : 찾기가 어려움.
> **옵션** : 여우의 생김새를 관찰할 수 있다.

단돈 몇 쿠퍼에 팔아먹었던 흔해 빠진 조각품들의 가치가 급등했다.

> **여우의 조각품** : 내구도 9/10.
> 세밀하게 조각된 여우의 작품.
> 세라보그 성 앞에서 흔히 볼 수 있는 여우를 대상으로 조각되었다.
> 평범해 보이지만 베르사 대륙에서 모르는 사람이 없는 조각사 위드가 만들었다. 조각술이 성숙해지는 시기에 만든 작품으로, 유명한 위드의 작품을 찾는 애호가들 사이에 가치가 꽤 있을 것 같다.
> 숲에서 주울 수 있는 흔한 나무로 만들어졌다.
> 오랜 시간이 지났음에도 불구하고 잘 간직되어 생생한 모습을 유지하고 있다.
> **예술적 가치** : 상당한 소장 가치가 있을 것 같다.
> **옵션** : 선물용으로 쓸 경우 매우 큰 호감과 친밀도를 얻을 수 있음.
>   매력 +2.

큰 변화는 아니었지만, 위드의 조각품을 사들이는 수집가들이 있었다. 조각 상점에서 구매하는 가격이 3배로 뛰고, 조각사 길드에서는 위드의 조각품을 가져오라는 의뢰도 생겨났다.

"위드라는 모험가에 대해서 얼마만큼 알고 있나? 그런 모험가에게 맡길 일이 있는데… 자네는 미덥지 않아."

"위험 확률이 높은 일인데……. 위드라는 모험가가 와 주면 참으로 좋겠군."

"혼돈의 전사라는 종족이 매우 강하다는군. 그런 종족과 싸우기 위해서는 큰 용기가 필요할 거야."

"북쪽 모라타의 영주가 대단한 원정을 성공적으로 마쳤다지. 그 지역의 주민들은 용맹한 영주 아래에 있어서 참 좋겠어. 몬스터의 위협에 대해서도 안심할 수 있겠군."

기사, 병사, 주민 들이 위드에 대해서 말했다. 심지어는 술꾼들도 이야기했다.

"딸꾹! 술이 또 떨어져 가는군. 한 병 더 마시고 싶지만 더 시킬 돈이 없어. 집에 가면 마누라가 돈을 어디다 썼냐고 물을 텐데… 오늘도 밖에서 자야겠어. 아! 마침 이곳에 위드가 있다면 마지막 남은 한 잔의 술을 주고 그의 이야기를 들어 볼 텐데… 음냐."

S급 난이도의 퀘스트를 최초로 마친 위드에 대한 칭송은 정점에 이르렀다.

드린펠트와 그리피스, 헤르메스 길드의 유저들은 그럴수록 위드를 살해할 의욕으로 불탔다.
　"위드, 넌 반드시 우리 손에 죽을 것이다."
　"이 지골라스에서 네가, 그리고 네 동료가 빠져나갈 곳은 없을 것이다."
　"데리고 다니는 황소는 바로 갈비탕과 소머리 국밥을 만들어 주지."

　광산용 수레가 멈춘 장소에서 드디어 넓은 채굴 지역에 도착한 위드와 누렁이!
　띠링!

조각사들이 발굴한 광석 채굴 지역에 들어왔습니다.
혜택 : 명성 460 증가.
　　　일주일간 채광 시에 체력의 소모가 다소 감소합니다.

　"후후."
　위드의 입가에 미소가 맺혔다.
　그도 그럴 수밖에 없는 것이, 채굴 지역은 땅을 팔 수 있는 널찍한 장소였다.

"역시 내 예상이 맞았어."

광산이라는 이름이 붙어 있으니 몬스터들을 사냥하거나 추가적인 의뢰를 받지 않을 수도 있다.

대놓고 노가다를 해서, 알아서 캐 가라는 뜻!

조각사들이 파헤친 땅에는 발굴된 각종 광석들이 널려 있었다. 위드는 이런 경우까지 감안해서 운반용으로 쓰기 위해 누렁이를 데려왔던 것이다.

―미장석을 획득했습니다.

겉이 매끈매끈하여 고급스러운 조각품을 만들기 좋은 돌.

"누렁아, 여기."

―월반석을 획득했습니다.

달밤에 향기를 내는 돌.

연못에 조각품을 만들면 요정이나 반딧불, 나비 들이 날아든다고 한다.

"누렁아, 실어."

―공작석을 획득했습니다.

상당히 대중적이면서, 조각 재료점에서 많이 취급되는 물건이다. 당연히 돈과 바꾸기에도 편했다.

"누렁아, 조심해서 담아라."

누렁이의 배낭에 조각 재료들이나 광물들을 쓸어 담았다.
그리고 조각사들이 벽에 새겨 놓은 글귀들을 읽었다.

대륙의 조각술은 쇠퇴했다. 조각사들에게는 새로운 도전이
필요하다. 헬리움으로 만든 조각품은 조각사들에게 다시없는
영광을 안겨 줄 것이다.

헬리움에 대한 전설은 과연 정말일까?
인간들의 탐욕이 만들어 낸 허구는 아닐까?
무한한 땅의 마나가 샘솟는다는 헬리움.
그것으로 조각품을 만들 수 있을까?

파고, 또 파고 있다.
이곳에서 나이를 먹으며 늙어 가고 있다. 이제는 곡괭이를
들 힘도 없다.
예술이란 이토록 미력한 것인가.

곡괭이가 어딘가에 부딪쳤다.
헬리움일 것이란 기대를 했지만, 바위였다.
내가 파낸 바위들이 도대체 몇 개일까. 차라리 이곳에 오지
않는 편이 좋았을 텐데……

후회로 가득한 말들이었다.

사실 조각품이 아니라 헬리움으로 만들어진 대장장이 물품들은 몇 개 있다. 대륙의 여러 교단의 성물이나 교황의 보관, 혹은 검과 갑옷 등이다.

특정한 신성력과 마나를 쉬지 않고 발산하는 금속 헬리움.

완전히 깨지거나 부서지지 않는 한 무한한 마나를 뿜어내기 때문에 헬리움의 가치는 어마어마했다.

사실 그런 헬리움조차도 언제부터 존재했는지 모를 만큼 오래된 유산이거나, 드래곤이 가지고 있던 물건이었다.

위드는 이곳에 확실히 헬리움이 있다고 생각했다.

"정말 대놓고 노가다를 하라는 뜻이군!"

쉽게 파낼 수 없지만, 어떻게든 파내라는 게 틀림없으리라.

"드래곤을 사냥하라는 의뢰도 아니고, 여기까지 와서 헬리움을 챙겨 가지 않을 수는 없지."

그건 결혼식에 가서 식권까지 받아 놓고 공복으로 집에 돌아오는 것과 같다.

위드에게는 상상조차 할 수 없는, 자연의법칙에 위배되는 일!

돈가스든 설렁탕이든 혹은 뷔페식이든, 배부르게 먹고 옷에 콜라와 사이다를 챙겨 나오는 게 결혼식에 참석한 하객의 기본 상식이 아니던가.

"어디 한번 캐 보자!"

위드는 조각사들이 썼을 것으로 짐작되는 곡괭이들을 살펴봤다. 나무 자루가 썩어서 부러져 있거나 끝이 뭉툭하여 제 성능을 발휘하기가 힘들 것 같았다.

"작업을 위해서는 연장부터 만들고……."

위드는 대장장이 스킬을 이용해서 가지고 있던 강철과 소량의 미스릴을 섞어서 곡괭이를 만들었다.

고급 재료를 사용했지만 나중에 다시 녹이면 되니 손해는 아니었다.

깡! 깡! 깡!

위드는 곡괭이질을 했다.

하염없이 시간이 흘렀다. 최소 하루는 땅만 팠을 텐데도 헬리움은 나오지 않았다.

―2등급 철광석을 발굴하셨습니다.

―소량의 구리를 찾아냈습니다.

가끔 광물들을 찾아내는 게 그나마 유일한 위안거리였다.

띠링!

―반복 작업으로 인해서 스킬을 획득하셨습니다.

채광 초급 1(0%) : 광부의 스킬. 광산 내에서 땅을 파는 데 필요한 능력.

> 곡괭이나 삽의 효과를 조금 늘려 준다.
> 스킬이 성장할 때마다 힘과 인내력이 늘어난다.
> 고급 광물을 채취했을 때 행운과 명성을 늘려 준다.

"젠장!"

위드는 자책과 반성하는 마음으로 곡괭이질을 했다.

노가다에는 다양함이 있었다.

땅을 파는 것에서도 스탯을 얻을 수 있다니, 진작 채광 스킬을 올려놓았어야 하지 않았겠는가.

"난 아직 부족해."

위드는 방심하는 순간, 더 열심히 노가다를 한 사람이 그의 자리를 위협할지도 모른다는 위기감이 들었다.

조각품을 만들어도 스탯을 얻지만, 걸작 등을 만들어도 힘은 1개가 기껏 오를 뿐이다.

"두어 달 정도 날 잡고 땅을 파 놓았으면 좋았을 텐데······."

채광 스킬까지 넘보는, 감동이 나올 정도의 잡캐!

어쨌든 광물은 조각사나 대장장이로서 소비하는 것들이었다. 이런 직종을 성장시키기 위해서 채광이란 한번쯤 경험해 봐야 할 일.

스킬이 생성된 이후로, 위드의 땅을 파는 솜씨는 조금 향상되었다. 체력의 소모도 약간 줄어들고, 곡괭이가 파내는 범위도 넓어졌다.

하지만 이 많은 땅들을 파헤치자면 막막하기만 한 수준이었다.

"조금 효율을 높여야겠군."

위드는 남은 미스릴로 쟁기를 만들어서 누렁이가 끌게 했다.

"다 너를 위해서 시키는 거야. 힘이라도 세야 일당을 많이 받지. 공짜로 부려 먹는 거 아니야. 하루에 2쿠퍼씩 쳐줄 테니 부지런히 일해 봐!"

운반용, 이동용에 이어서 확실하게 누렁이를 부려 먹는 위드!

"나 같은 주인을 만나서 다행이지. 진짜 힘든 농사일에도 써먹지 않고 코도 안 꿰잖아."

누렁이를 부려 먹으니 작업의 효율이 훨씬 늘었다. 그러나 채굴 지역은 대단지 아파트를 지을 수 있을 정도로 넓었다.

"역시 인간으로는 한계가 있군."

위드는 오랜만에 오크 카리취의 조각상을 만들었다.

흉악하기 짝이 없는 얼굴은 그대로였지만, 덩치는 훨씬 더 커졌다. 우람한 어깨의 근육과 튼실한 허벅지는 최소한 50%씩은 커져 있었다.

"조각 변신술!"

조각 변신술을 이용하여 힘밖에 모르는 오크 카리취로 변신.

"취익! 어디 한번 해보자!"

언데드로 변신하면 체력이 줄어들지 않고 음식을 먹지 않아도 된다는 장점이 있다. 하지만 힘에 있어서만큼은 오크를 따라잡을 수 없다.

오우거도 힘은 굉장히 뛰어난 장사이지만, 오크보다도 무식하고 본능에 충실하게 움직이는 종족이었다.

너무 미개한 종족들로 변신하게 되면 여러 다양한 스킬들을 활용하지 못한다.

힘은 있더라도 스킬들의 효과가 떨어질 수 있으니 오크 카리취가 되었다.

끈질기게 땅을 파헤치다 보면 헬리움은 결국 나올 것이라는 믿음이 있었다.

"음식들을 아껴 먹어야겠군."

오크들은 금방 배가 고파질 뿐만 아니라, 급격하게 체력이 소모되면서 새참을 꾸준히 먹어 주어야 했다.

정말 누렁이를 잡아먹을 수는 없으니 어느 정도 굶주림을 유지해야 한다.

위드의 덩치로 인해 내려찍는 곡괭이가 훨씬 작아진 것처럼 느껴졌다.

크게 증가한 힘으로 인해서 땅을 파헤치는 속도가 확실히 늘어났다. 그리고 상당히 많은 광석들을 채취할 수 있었다.

띠링!

-채광 스킬이 초급 2레벨이 되었습니다.
곡괭이질과 삽질의 체력 소모가 감소합니다. 바위의 틈새를 노려서 채굴 작업의 속도를 높일 수 있을 것입니다.
인내력과 행운이 증가합니다.
매우 빠른 속도로 스킬의 숙련도가 증가하고 있습니다.
반복적인 작업에 필요한 강인한 힘, 끈질긴 지구력이 광부로서 최적의 요건들을 갖추게 해 주었습니다.

-채광 스킬이 초급 3레벨이 되었습니다.

-채광 스킬이 초급 4레벨이 되었습니다.

시간이 얼마나 지났는지도 모른다.
온몸이 땀에 젖은 위드는 노래를 불렀다.
음정 박자는 당연히 무시하고, 오직 근로 의욕을 돋우기 위한 흥겨운 노래였다.

땅을 파면 돈이 나오지, 밥이 나오지, 쌀이 나오지
헬리움이 나오면 대박이라네
큰돈을 벌면 어디에 쓸까
맛있는 걸 먹을까? 아까워서 안 되지
비싼 옷을 입을까? 몇 년 지나면 못 입어
나 혼자 갖고 있다가 무덤까지 들고 가야지

돈에 대한 애착과 검소함을 표현한 노래!

채광 스킬이 늘어나면서 땅을 보기만 해도 주로 어떤 광물이 많이 묻혀 있을지 대략적으로 파악이 되었다.

 채광 스킬 같은 경우는 파낸 광물의 양이나 질이 숙련도의 증가를 좌우하는 경향이 있었다. 위드의 힘이나 인내력 등의 스탯은 경이로울 정도였고, 지골라스의 광산이었으니 파내는 광물들의 질도 상당히 좋았다.

 "많이 많이 캐 보세. 돈을 실컷 벌어야지."

 위드는 누렁이와 함께 계속 땅을 팠다.

 이현의 캐릭터가 지골라스에서 사냥과 모험을 하는 사이에 한국 대학교에서는 중간고사를 치렀다.

 2학기도 어느새 11월이 되었다.

 나뭇잎들이 떨어지면서 어느덧 겨울방학을 기다리는 때가 왔다.

 "등록금이란 정말 무상한 거지. 엊그제 낸 것 같은데 순식간에 사라져 버리니."

 이현은 책가방을 등에 메고 축 처진 어깨로 걸었다.

 도장에서의 수련을 빠짐없이 하고 있었지만, 돈만 생각하면 움츠러드는 어깨였다.

 안현도도 가끔 자신이 젊었을 때의 무용담을 늘어놓았다.

"인간의 잠재력은 무서운 것이다. 하겠다고 마음먹었을 때 하지 못할 것은 없다. 삶과 죽음의 경계 선상에서 살아야겠다고 마음먹으면 세포 하나하나가 깨어나는 것을 느낄 수가 있다."

정글에서의 생활을 설명하면서, 생명을 위협하는 짐승들과 벌레들에 대한 이야기를 했다.

"그렇게 1년을 보내고 돌아왔을 때의 여행 경비는 어마어마했지."

세상에 무서울 게 없다는 안현도조차도 돈에는 약해질 수밖에 없었으니…….

"안녕하십니까!"

한국 대학교에서 이현이 걸어가기만 하면, 무도 계열 학생들이 정중하게 인사를 했다.

선배들조차도 깍듯하게 인사를 했지만, 이현은 그다지 어색함을 느끼지 않았다.

넓은 도장에서 정식 제자들이 수련하는 곳이 아니라, 일반인들을 대상으로 한 곳에서 마주친 적이 있었다.

대련을 몇 번 해 주면서 목검으로 대화를 나누었다.

인사란 상대를 존중한다는 마음을 보여 주면 족하기에 이현도 그들에게 고개를 숙여 주었다.

그리고 이현이 지나간 뒤에 남는 말.

"얌전해 보이는데 검만 쥐면 악바리라면서?"

"야야, 말도 마라. 괜히 만만해 보인다고 덤볐다가 죽는 줄 알았다. 무슨 때린 데만 골라서 때리지를 않나, 빈틈이 계속 보인다면서 흠씬 두들겨 패는데, 뭐 막을 수도 없더라니까. 관장님한테 직접 배우는 이유가 있었어."

일반 학생들 사이에도 이현의 이름은 유명해졌다.

"여름에 사막 횡단을 하고 비행기에서 뛰어내렸다던데?"

"유럽이랑 아프리카를 다녀왔다잖아."

학생들 사이에서는 방학 때마다 유럽 여행을 다니며 익스트림 스포츠를 즐기는 사람이라는 이상한 소문이 퍼졌다.

게다가 그렇게 감추려고 했던, 과거 인터넷상에서 프린세스 나이트라고 불렸다는 사실까지 알려지게 되었다.

"조용히 장학금이나 받고 싶은데."

이현은 한숨만 푹푹 쉴 뿐이었다.

왜 대학교에는 개근 장학금이 없는 것일까 하는 의문.

이현은 그저 시간이 빨리 가기만을 바라면서 학교를 다니고 있었다. 하지만 강의를 들을 때는 교수에게 집중했다.

반짝반짝 빛나는 눈빛으로, 모든 수업을 이해하고 있으며 어서 빨리 금과옥조 같은 말씀을 더 해 달라는 표정이야말로 혹시나 모를 장학금과 높은 학점을 받을 수 있는 기본 태도.

이현은 사실 고등학교에서도 공부를 거의 하지 않았다.

공부가 세상을 제대로 알려 준다고는 믿지 않았다. 돈을 벌기 위해서 틈틈이 일을 하다 보니 빠지는 일도 많았을뿐더

커피 데이트

러, 결국 자퇴를 해 버렸다.

하지만 대학교에서 국제적인 여러 강의들을 들으면서 시야를 넓힐 수 있었다.

여름방학 때 아프리카와 유럽을 갔던 것도 경험이 되어 넓은 세계를 바라보는 눈을 키웠다. 한 살이라도 젊을 때 종잣돈을 모아서 투기를 해야 할 필요성이 있는 것이다.

수업이 시작되고 나서, 서윤이 쪽지를 써서 넘겨주었다.

오늘 강의 끝나고 커피 같이 마실래요?

이현은 당연히 매우 곤란했다.

로열 로드를 하기 위해서 집에 일찍 들어가야 했다.

며칠 곡괭이질을 하다 보니 비로소 몸에 익숙해진 기분이었다. 땅을 파서 광물을 모을 시간에 여자와 커피나 먹고 있을 수는 없다.

이현의 기준에서 그것은 완전한 타락이었던 것.

그는 여자들에게도 관심을 두지 않고, 동아리 활동도 하지 않았다.

'배도 부르지 않는 커피를 왜 마시는지 모르겠군.'

그런데 단칼에 잘라 내기 어려운 것이 서윤이 평소에 하지 않던 부탁이다.

'거절한다고 해서 죽이거나 하지는 않겠지? 황금새와 은

새를 인질로 잡고 있긴 한데……. 입구에서 날 기다리고 있다가 나가면 공격하는 것은 아닐까?'

서윤은 말을 할 수 있게 되었지만, 현실에서 할 말이 있으면 아직 쪽지를 주로 이용했다.

이현도 쪽지를 써서 넘겨줬다.

난 율무차로.

강의를 마치고, 이현은 서윤을 끌고 자판기로 향했다.

'율무차 가격이 300원이군. 오늘도 쓸모없는 곳에 300원이나 쓰는구나.'

학생들 다수가 진을 치고 있는 복도에서 피 같은 동전을 넣고 커피를 뽑으려고 할 때였다.

서윤이 옷깃을 잡아당겼다.

"왜, 너도 율무차 마실래?"

그런데 고개를 흔들더니, 다른 학생들을 의식한 듯 이현의 옷깃을 계속 잡아당기는 것이다.

그것은 곧 다른 장소에서 마시고 싶다는 뜻.

'설마 아니겠지?'

서윤의 평소 지출 패턴을 보면 짐작이 갔다.

이거야말로 그곳에 가자는 뜻이 아닐까. 인테리어가 잘 꾸며지고, 대화하기에도 적합하며, 분위기마저 좋은 곳!

'설마 커피숍에서?'

이현은 커피숍에 가는 사람들을 정말 이해할 수가 없었다. 커피를 3,000원 이상 주고 마시는 것은 돈을 버리는 짓이라고 생각했다.

'커피가 무슨 맥주도 아니고 거품을 둥둥 띄워서 마시질 않나……. 사람이 개도 아니고 무슨 커피 향을 맡을 필요가 있어. 커피는 자고로 설탕 세 스푼이지.'

바리스타들이 들으면 분노에 찰 만한 생각이었지만, 이현은 비싼 커피값을 내고 싶지 않았다. 지금은 살림이 조금 나아졌지만, 불과 2~3년 전만 하더라도 밥 먹을 돈도 부족했다.

그렇기에 이현은 옷깃을 잡아끄는 서윤에도 불구하고 꿋꿋하게 자판기 앞에 서 있었다.

그런데 서윤이 지갑을 꺼내서 보여 주었다.

빽빽하게 차 있는 수표와 신용카드 들!

"네가 사는 거야?"

끄덕끄덕.

서윤이 고개를 흔들자, 이현은 그녀가 이끄는 대로 따라갔다.

"사람은 문화생활을 좀 해야지. 안 그래도 커피가 마시고 싶던 참이었어."

◊

택시에 탄 서윤은 운전사에게 목적지가 적혀 있는 쪽지를 내밀었다.

택시가 달려서 도착한 장소는 산자락에 있는 특급 호텔. 강을 끼고 있어서 전망이 굉장히 좋기로 유명한 장소였다.

이현은 여기서도 빈부 격차를 느꼈다.

호텔 커피숍은 드라마나 영화에서나 나오던 공간이 아니던가.

"커피나 마시려고 여기까지 오다니 이해할 수 없군."

물론 야외에서 먹는 라면, 특히 배에서 먹는 라면은 끝내준다고 한다. 커피도 마찬가지로 분위기 좋고 전망도 좋은 장소에서 마시면 금상첨화!

"쫄쫄 굶어 봐야지. 한 이틀 굶어 보면 어디서 먹는 라면이든 다 맛있다고 할 거야."

이현은 구시렁거리면서도 커피숍의 의자에 앉았다.

창밖으로는 강을 지나는 다리의 조명과 도로를 달리는 자동차들의 불빛이 보였다.

그사이 밤이 어둑어둑해진 것이다.

점원이 메뉴판을 테이블에 내려놓았다.

"주문하시겠습니까?"

이현은 얻어먹는 것이라서 가벼운 마음으로 메뉴판을 펼

쳤지만, 거기에 쓰여 있는 믿을 수 없는 글들.

아메리카노	13,000
헤이즐넛	13,000
에스프레소	13,000
허브 차	14,000
아이스커피	14,000
콜라	8,000
과일 주스	15,000
칵테일	19,000

세금(10%), 봉사료(10%) 별도.

"커헉!"

세금과 봉사료가 정식 가격에 포함되면 여기서 커피 한 잔에 15,000원이 넘는다.

딸기잼을 바른 케이크 한 조각에 만 원이 넘고, 양주는 수십만 원이 넘는 가격에, 백 만원이 넘는 것도 있었다.

작은 생수 한 병에 6,000원!

식사를 곁들인 메뉴는 3만 원에서 5만 원 정도였다. 물론 세금과 봉사료를 제외한 가격이었다.

이현은 부자들에 대한 존경심이 무럭무럭 솟아났다. 이런 곳에서 밥을 먹는 사람들은 보통 평범한 인간이 아닐 것이기

때문이다.

이현은 메뉴판을 보다가 슬그머니 주문을 했다.

"아메리카노, 그리고 계란 하나 띄워 주세요."

"네?"

"계란 추가요."

이렇게 비싼 커피를 마시면서 계란도 안 넣는 건 너무 억울했다.

서윤은 메뉴판을 손가락으로 짚으면서 커피와 와플 세트를 주문했다.

좋은 향의 커피, 잔잔하게 들리는 음악 소리.

그리고 앞에 서윤이 있었다.

서윤은 주변에 사람들이 없는 것을 확인하고 어렵게 입을 떼었다.

그녀는 대화가 하고 싶었다.

이현과는 많은 시간을 같이 보내서 익숙해졌다. 태도나 눈짓만 보더라도 무슨 생각을 하고 있는지 맞힐 정도였다.

로열 로드에서 그녀를 위해서 밥을 차려 줄 때에도 적지 않게 감동했다. 그녀가 언제쯤 배가 고파하는지, 어떤 요리들을 좋아하는지 알고 힘든 전투를 마치면 특별식들을 해 주었던 것이다. 고기를 구워도 맛있고 먹기 편한 부위는 그녀에게 넘겨주었다.

전투를 할 때면, 공격력이 높은 몬스터에게는 그가 앞장

섰다.

자세히 관찰하지 않으면 그 따스함을 알기 어려운 사람.

서윤은 한 단계 더 나아가기 위해서 이현과 둘이서 오붓하게 시시콜콜한 이야기들까지 하고 싶었다.

그녀가 입을 열어서 고운 목소리로 말했다.

"저기, 보신이가 어떻게 지내는지 말해 줄까요?"

"안 궁금해."

"양념반프라이드반이나, 다른 닭들은요?"

"아직 안 먹었어?"

"달걀을 낳아서 부화시켰는데 병아리가 나왔어요."

"뚝배기 삼계탕도 괜찮지."

완전히 평행선을 달리는 대화였다.

미스릴 천사상

"며칠 내로는 놈의 위치를 찾을 수 있을 것 같습니다."

"그 며칠이 벌써 3주가 넘었는데."

"예상 지역을 좁혀 나가고 있으니 이번에는 확실합니다."

드린펠트와 그리피스는 발굴가와 도둑 등으로 구성된 추적대에 대한 신뢰를 거둔 상태였다. 위드의 뒤를 추적하면서 보여 준 모습들은 그들의 인내심을 깡그리 소비시켰다.

그래도 지골라스까지 온 발굴가와 도둑, 어쌔신 들은 상당히 유능한 인물들이었다.

방법을 바꾸어서 어쌔신 8명, 도둑 4명이 각자 흩어져서 탐색을 하고, 가져온 정보들을 바탕으로 타소르가 지도를 그렸다. 그 결과 지골라스의 지하 던전들에 대한 정보들을 많이 입수했고, 전체의 23%에 달하는 지도도 완성됐다.

겨우 23%라고 무시할 수도 있겠지만, 위드가 확실히 가지 않은 길과 들어가지 않은 던전 들은 배제한 것이다.

그렇기 때문에 실질적으로는 위드가 있을 만한 방향을 거의 파악해 내고 있었다.

"특별한 변수만 없다면 나흘, 길어도 엿새면 충분할 겁니다."

발굴가가 호언장담을 할 정도로 어쌔신들과 도둑들은 수색 범위를 좁혔다.

헤르메스 길드의 전투 병력과 그리피스의 해적들도 인근 던전에서 사냥을 하며 만반의 출동 준비를 갖추었다.

도둑과 어쌔신 들을 비롯한 추적자들이 쫓아온다는 것에 대해서는 서윤도 알고 있었다.

KMC미디어를 제외한 다른 방송사들을 통해서 헤르메스 길드의 추가 병력이 지골라스에 도착하는 모습들이 나왔다.

인터넷에서는 벌써 위드와 헤르메스 길드의 2차전에 대한 기대가 한창 무르익고 있는 중이다.

드린펠트는 방송에 나와 쫓고 있다는 사실을 숨기지도 않았다.

지골라스 전체를 해군과 해적선들이 봉쇄하고 있는 마당이라서, 위드가 지상으로 뛰쳐나오기라도 한다면 오히려 고마울 판이다.

더 깊이 숨더라도 시간은 걸리겠지만 찾아낼 것이고, 기왕이면 멋지게 지상에서 전투를 통해서 승리를 거두고 싶은 욕심이 있었다.

여우 사냥, 혹은 토끼몰이를 하고 있는 것이다.

'이곳도 그대로 놔두면 얼마 지나지 않아서 찾아낼 것 같아.'

위드가 들어간 헬리움 광산의 입구를 지키던 서윤은 다른 장소로 움직였다.

흔적들을 여러 방면으로 남겨 놓는 것으로 어쌔신과 도둑들을 따돌리고 싶었지만, 그들의 추적 스킬은 만들어진 지 얼마 안 된 흔적을 관찰해서 한 사람이란 것을 금방 간파할 것이다.

'적을 줄여야 해.'

전사들만 있다면 몬스터들의 유인도 써 볼 수 있는 방법이 되겠지만, 어쌔신이나 도둑에게는 잘 통하지 않는다.

서윤은 일부러 흔적을 만들어 고립된 길로 추적대를 유인했다.

"이쪽으로 갔다."

"발자국이 만들어진 지 얼마 안 됐어. 쫓아가자."

눈앞의 흔적에, 추적대가 속도를 올렸다. 여러 곳으로 분산된 탓에 어쌔신을 지키는 호위 병력은 많지 않았다.

'미안해요.'

서윤은 검을 뽑아 들고 그들을 기다렸다.

"적이다!"

던전에서 앞서 달리던 어쌔신 고르가 어둠 속에 서 있는 사람을 발견하고 민첩하게 단검과 표창을 던졌다.

슈슈슉!

어둠을 가르면서 날아오는 투척용 무기들!

고르와 함께 다니는 3명의 해군 기사들은 적이 물러나거나 피할 것이라고 생각했다. 어쌔신들의 무기에는 강력한 마비 독이 발려 있어서 상대하기 어렵기 때문이다.

서윤은 전력을 다해 앞으로 내달렸다. 단검과 표창 들이 몸을 스치고 지나갔다.

광전사의 특징으로는 치명적인 일격에 당하거나 혼란 상태에 잘 빠져들지 않는다는 점이 있다.

생명력이 떨어질수록 공격력이 더욱 세지고, 마나 소모도 적어지는 직업.

광전사의 상태에 접어들면 독에 대한 저항력도 높아진다.

서윤의 검이 크게 휘둘렸다.

"크헉!"

어쌔신 고르는 뒤로 재빨리 물러났지만 공격 범위에 들어가고 말았다.

어쌔신이 이동속도가 빠르다고 해도, 정면에서 습격하는 적을 뒷걸음질 쳐서 피할 정도는 아니었다.

"어디서 감히!"

"우리가 상대해 주겠다."

해군 기사들이 급하게 검을 뽑아 들고 나섰지만, 서윤의 시선은 그들을 향하지 않았다.

서윤은 고르를 향해 연속으로 검을 휘둘렀다.

적의 저항과 방어를 무력화시키는 연속 공격.

"이게… 무슨! 어째서 나만!"

고르는 손을 쓸 틈도 없이 전사!

어쌔신의 장기를 활용하기도 전에 벌어진 죽음이었다.

서윤을 발견하고 나서 불과 10초도 되지 않아서 벌어지고 만 일.

하벤 왕국 함대의 해군 기사들이 그녀를 향해 검을 휘둘렀다.

갑옷에 기사들의 공격이 적중될 때마다 서윤의 생명력이 뚝뚝 떨어졌다.

하지만 싸움이 지속될수록, 생명력이 감소할수록 더 위험한 것이 광전사다.

서윤은 안전한 사냥을 좋아하지 않았다.

로열 로드 초창기에 벅찬 몬스터와의 싸움에서 많은 죽음들을 당해 보았기에, 광전사라는 직업에 걸맞게 생명력을 아끼지 않고 싸울 줄 알았다.

서윤의 공격은 해군 기사들을 압도했고, 그들의 목숨을 하나씩 거두었다.

마지막 남은 해군 기사가 이미 틀렸다고 판단했는지 욕설을 퍼부었다.

"이 더럽고 잔인한 년이……."

막 온갖 욕을 다 해 주려고 하는데 그에게로 고개를 돌리는 서윤의 얼굴이 보였다.

위드와 있으면서 미처 예전에 사용하던 가면을 착용하지 않았던 것이다.

"아!"

그가 지금껏 살아오면서 텔레비전 등을 통해서 봤던 연예인들, 그리고 어딘가에 있을 거라고 생각했던 미녀들보다도, 비교할 수 없을 정도로 아름다운 여성이 그곳에 있었다.

이 하늘 아래 같은 공기를 마시는 것 자체가 영광일 것만 같게 여겨지는 미모!

서윤의 공격을 당하면서도 최후에 남은 해군 기사는 편안하게 죽을 수 있었다.

'왜 가만히 서서 죽었지?'

서윤은 잠깐 이해가 안 되었지만, 곧 다른 장소로 이동해야 했다.

'미안…해요.'

추적대에 속한 어쌔신을 1명 처리해서 지연시킨 시간은 잠시뿐이다. 더 많은 추적자들을 처리해야 했다.

까앙! 까앙! 까앙! 까앙! 까앙! 까앙!

위드는 곡괭이질을 할 때마다 땅을 파고 내려갔다. 옆으로 파기도 했다.

체력을 보존하기 위해 갑옷이나 검도 내려놓고 간단한 천 옷을 입고 작업했다. 옷은 이미 시커멓게 변해 버린 후였다.

곡괭이질을 할 때마다 근육이 터질 것처럼 팽팽하게 긴장됐다.

헬리움을 찾기 위해 갖은 방법을 동원해 봤다.

흙꾼이를 소환해 보기도 했지만, 그들은 눈을 끔뻑끔뻑 뜨더니 모르겠다는 표정을 지었다.

"무능한 놈들."

헬리움은 깊은 땅속에 묻혀 있거나 신성력의 보호를 받는 특별한 금속이었으니 흙꾼들로는 찾지 못할 수도 있다.

결국 위드는 직접 몸을 움직이고 있었다.

띠링!

―채광 스킬의 레벨이 10이 되어 중급 채광 스킬로 변화됩니다.
특수한 광물들을 경계면을 따라 손상 없이 채굴할 수 있게 됩니다. 광물의 특수한 성질을 보고 느낄 수 있게 됩니다.
전 스탯에 +2의 추가 포인트가 주어집니다.
직업이 광부가 아니기 때문에 체력의 최대치가 300 증가하고, 체력의 회복 속도가 영구적으로 0.4% 빨라집니다.

-명성이 30 올랐습니다.

-힘 스탯이 5 상승하셨습니다.

"드디어 중급 채광이로군."

묵묵히 노가다를 한 결과 중급 채광 스킬까지 이르고 말았다. 다수의 광물들이 묻혀 있는 광산에서 묵묵히 땀방울을 흘린 덕분이었다.

꼬르르륵.

-뱃가죽이 등에 달라붙어 있습니다.
굶주림을 강하게 느낍니다.
이동속도가 25% 이상 저하되어 있습니다.
체력이 평상시의 65%까지밖에 회복되지 않습니다.
포악해진 오크는 전투 시에 일시적으로 강한 힘을 발휘할 수 있습니다. 하지만 전투가 끝나고 나면 더욱 큰 허기를 느낄 것입니다.

위드는 보리 빵을 잘게 부숴서 물에 타 후루룩 마셨다. 오크의 특성상 꾸준히 무언가를 먹어 주어야 한다.

굶주림을 참으면서 곡괭이질에만 집중했다.

누렁이도 음식을 되새김질하면서 쟁기질을 하고 있었다.

채굴 지역에서 오크와 소의 끊임없는 작업!

위드가 가끔 말을 걸었다.

"누렁아, 나와 둘이서 일하니 행복하지?"

누렁이는 주인과 말도 나누고 싶지 않았다.

"다음에도 이런 모험을 할 일이 있으면 꼭 같이하자."

음머어어어어어어어어어어어어어.

"역시 정말 행복해하는군!"

누렁이도 쟁기를 끌면서 땅을 파헤치는 속도가 어마어마한 정도였다.

밭 갈기 스킬까지 중급에 올라서, 농사를 지을 때도 유용한 전천후 한우가 되어 버린 누렁이!

"그나저나 과연 언제쯤이나 헬리움을 캘 수 있을까?"

위드가 곡괭이질을 할 때마다 파헤쳐지는 면적이 크게 늘었다.

여러 광물과 보석을 구하고, 가끔은 대형 몬스터의 뼈도 발굴해 냈다. 하지만 아무리 파도 헬리움은 나오지 않았다.

"설마 여기에 헬리움이 없는 건 아니겠지?"

오죽하면 그런 생각마저 들었다.

베르사 대륙의 뛰어난 조각사들이 달려들어서 헬리움을 찾으려고 했는데 정작 그 헬리움이 없다면!

사실 이 헬리움을 찾는 것은 어떤 의뢰를 받았거나, 사전 정보를 가지고 진행한 일이 아니다. 지골라스에 오고 나서 조각사들의 유산을 발견했고, 헬리움을 캐내려고 했다는 이야기를 보고 나서 들어온 것이다.

"왠지 없을 수도 있다는 생각이 드는군."

위드가 5시간 만에 허리를 폈다.

회복력이 좋은 오크에, 중급 채광 스킬도 익혔고, 곡괭이를 다루는 데도 능숙해졌다. 하지만 어쨌든 고된 일을 하다 보니 휴식은 필요했다.
 과로와 몸살에 걸리는 오크가 될 수는 없었기 때문이다.
 위드가 작업을 멈춘 것을 보고, 누렁이도 눈치를 보더니 땅에 배를 깔고 누웠다. 억지로 끌려와서 정말 생고생을 하고 있는 누렁이였다.
 "올해 내로는 캘 수 있으려나?"
 답이 끝없는 곡괭이질에 있다면 시간이 얼마가 걸리건 그렇게 할 의사는 충분했다.
 그러던 중 무심코 누렁이의 뒤쪽 벽을 쳐다보았다.
 채광 스킬을 익히면서 자연스럽게 땅에 대해서 알게 되었다. 곡괭이질을 해서 판 땅과, 나중에 흙을 쌓아서 막은 곳의 돌과 흙에는 미세한 차이가 있다.
 위드가 보기에는 꼭 일부러 막아 놓은 것처럼 인위적인 느낌이 있었던 것.
 "여기 너머인 것 같은데."
 위드는 벽에 가볍게 손을 대어 보았다.
 알베론의 축복 마법에 걸렸을 때처럼 상쾌한 기분이 들었다.
 채광 스킬이 중급에 오르면서 손을 대는 것만으로도 광물들의 성질을 느낄 수 있게 되었다.

"여기에 무언가가 있다. 벽이 두껍지는 않겠군."

위드는 확인해 보기 위하여 빠르고 확실한 방법을 택했다. 곡괭이로 벽을 뚫어 버린 것이다.

콰르르르릉.

흙으로 쌓아 놓은 벽이 뚫리고, 내부의 공간에서 천사들을 조각한 작품이 모습을 드러내었다.

"이런 장소에 조각품이 있다니."

위드는 잔해들을 지나서 조각품에 다가갔다.

자애로운 천사의 조각상들이 날개와 팔을 펼치고 방문자를 환영하듯이 서 있었다.

강림하는 일곱 천사를 보셨습니다.
베르사 대륙 조각술의 정점에 서 있는 조각사! 위대한 조각술 마스터 데이크람이 미스릴을 이용해서 만들었다.
순수한 미스릴 결정의 특성이 완벽하게 드러나 있다.
신계에 있는 천사가 강림한 것처럼 생생하게 조각되어 있음.
베르사 대륙의 숨겨진 보물.
인간을 비롯한 선한 종족들에게는 큰 힘이 될 것이다.

생명력과 마나, 체력의 회복 속도가 40% 증가합니다.
모든 스탯 45 증가.
신앙심이 영구적으로 15 오릅니다.
발걸음이 가벼워집니다.
각종 마법 저항력이 늘어납니다.
흑마법에 대한 피해를 감소시킵니다.

갑옷의 무게를 절반 이하로 줄여 줍니다.
근력이 증가하며, 아이템을 습득할 확률을 높여 줍니다.
조각상의 빛은 사악한 몬스터들을 약화시키고, 접근을 꺼리게 만듭니다.

-천사의 축복이 부여됩니다.
모든 상태 이상에서 벗어나며, 종족의 특성을 배가시킵니다. 체력과 생명력이 감소해도 최적의 상태로 전투를 계속할 수 있습니다. 어둠 계열 몬스터들의 특수 공격을 성스러운 힘으로 막아 냅니다.

위드의 온몸에 힘이 넘쳐흘렀다.

무식할 정도의 근육질 오크였던 만큼 조각상의 효과로 인해서 넘쳐 나는 괴력!

"조각술 마스터 데이크람의 작품이로군."

성스럽고 고결한 천사들이 방금 지상에 내려온 것처럼 장엄한 은빛을 내뿜고 있었다.

대륙을 구원하기 위한 긴 전투로 지친 영웅들에게 희망을 주기 위해 모인 것 같은 천사들의 조각상.

신전이나 왕궁에 있었더라면 훨씬 더 어울릴 것 같았다.

"미스릴을 이용해서 만들다니, 엄청나군."

조각품은 전체가 통짜 미스릴로 만들어져 있었다.

미스릴 한 조각이 자신에게 있다면 고이 녹여서 무기로 만들더라도 아까울 판이었다. 그런데 조각품 전체를 미스릴로 만들 수 있다니!

위드는 나무값도 아까워서 조각 상점에서 구입하지 않고 직접 잘라다 썼다. 바위는 인근에서 캐고 주워서 쓴 것은 물론이었다. 그렇기에 데이크람이 더 부럽고 대단하게 생각되었다.

미스릴을 이용해서 작품을 만들었다는 건 위드처럼 대장장이 스킬도 굉장히 뛰어나다는 뜻.

"돈 많고, 조각술 마스터에, 대장장이 스킬도 고급 중후반 정도라."

이것이야말로 대륙에 다섯밖에 없었다는 조각술 마스터의 능력!

위드는 조각술 선배에 대해 뿌듯함을 느끼며 보다 정확한 정보를 살펴보기로 했다.

"감정!"

강림하는 일곱 천사
조각술 마스터 데이크람의 대작!
세상에 공개되지 않은 작품이다.
알려진다면 조각술 세계에 큰 파장이 일어날 정도로 훌륭한 작품.
불순물 없이 완벽하게 제련된 미스릴을 이용하여 만들었다.
어떤 수단을 쓴 것인지 모르지만, 미스릴이 완벽한 상태를 유지하고 있음.
미스릴 특유의 광채와 견고함이 절대적으로 발휘되고 있다.
지골라스의 던전에 숨겨져 있다가 조각사 위드에 의하여 발견되었다.
시간이 지날수록 가치를 더해 갈 작품이리라.

예술적 가치 : 신의 솜씨를 가지고 있는 조각사의 작품.
57,900.
옵션 : 하루 동안 생명력, 마나, 체력의 회복 속도를 40% 늘려 준다.
모든 스탯 45 증가.
이동속도 향상.
각종 마법 저항력 25% 증가.
흑마법에 대해 일시적으로 저항력 +80%.
흑마법에 적중되었을 때 피해를 감소시킨다.
조각상 주변에서는 신성력의 효과를 증가시킴.
종교적 가치가 높은 작품으로, 성기사와 사제 들의 스킬 효과를 영구적으로 3% 늘려 줌.
신앙심이 영구적으로, 직업에 따라서 최소 15에서 최대 40까지 증가.
행운 +50.
가장 높은 스탯 한 가지와 아이템 드랍 확률을 올려 줌.
높은 내구도로 인하여 잘 파괴되지 않음.
천사의 축복 발현.

-작품을 감상하여 예술 스탯이 87 올랐습니다.
예술 스탯이 2,000이 넘었습니다.
고귀한 예술 작품들에 도전했을 때 약간의 추가적인 영향을 발생시키고, 실패를 줄여 줍니다.

-앞서 가는 실력의 작품을 살핌으로써 조각술 스킬의 숙련도가 3.5% 증가합니다.

-강림하는 일곱 천사를 발견해서 명성이 1,450 증가합니다.
세인들에게 공개하면 미술계의 영향력이 커지게 됩니다.

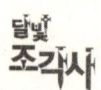

데이크람이 만든 작품이라서 옵션이 무시무시할 정도였다.

다른 조각품들은 무겁거나 손상이 갈 우려가 있기 때문에 함부로 옮기기가 어렵다. 하지만 이 강림하는 일곱 천사만큼은 베르사 대륙까지 힘들게 가져갈 만한 가치가 있었다.

"대박이구나!"

위드는 천사상을 옮길 수레를 만들어서 누렁이가 끌도록 했다.

누렁이의 짐이 더욱 늘어나고 말았다.

'조각품을 팔면 몇십만 골드는……. 안 팔리면 녹여서 무기라도!'

예술품 파괴까지 생각하고 있는 위드였다.

"역시 어느 분야든 든든한 선배들이 앞에서 끌어 주고 후배들이 따라가는 거지. 조각술 마스터 데이크람, 정말 멋진 분이로군."

데이크람이 적은 글귀가 강림하는 일곱 천사상의 뒤쪽 벽에 쓰여 있었다.

데이크람이 적는다.

긴 여정의 끝에 여기에 도착했다.

대륙의 조각술을 부흥시키기 위해서 온 나는 이곳에서 헬리움을 찾아냈다.

"과연! 데이크람이 헬리움을 찾아냈군."

위드에게 헬리움을 조각해서 최초가 되고 싶은 욕심도 있기는 했다. 조각술만이 아니라 모든 예술과 마법에서는 최초를 높이 평가해 주기 때문이다.

신기원을 열 수도 있을 테지만, 일단은 데이크람이 헬리움으로 만들었을 조각품에 대한 궁금증이 더 컸다.

그리고 위드가 획득한 4개의 조각술 마스터의 비기.

조각품에 생명 부여, 조각 변신술, 조각 검술, 정령 창조 조각술!

데이크람이 가지고 있을 마지막 남은 1개의 조각술 마스터의 스킬까지 획득하고 싶었다. 그러면 조각술 최후의 비기까지 얻을 수 있기 때문이다.

위드는 데이크람이 남긴 글들을 계속 읽었다.

그런데 헬리움에 대한 이야기를 하기에 앞서 내 이야기를 좀 해 보겠다. 조각술 마스터가 되어서 제자 1명 두지 않고 다녔다는 것이 이곳 지골라스에 와서 고독으로 뼈저리게 사무쳤기 때문이다.

나는 조각술을 익히면서 회의에 빠져든 적이 많다.

나무나 돌, 금속 들을 조각해서 예술 작품을 만드는 것은 너무나 즐거운 일이다. 하지만 자연을 파괴하면서까지 조각품을 만드는 것이 과연 옳은 일일까?

마법과 기술이 발달하지 못했던 오랜 과거에도 조각술은 존재했다. 그때의 조각사들은 자연을 친구로 여기고 파괴하지 않았다고 한다.

위드는 단 한 번도 해 본 적이 없는 고민이었다.
바위가 쌓여 있거나 울창한 숲을 보면 질 좋은 나무들을 벌목해서 조각 재료들을 구할 욕심에만 사로잡혀 있었던 것이다.
위드는 불만으로 구시렁거리면서 글귀를 읽었다.
"먹고살 만하니 별걱정을 다 하는군."

예술을 위하여 자연을 파괴하는 것은 옳지 않은 일이라는 생각이 들었다. 그리하여 나는 가능하면 재료들을 파괴하지 않는 쪽으로 조각품을 만들었다.
바람에 꺾인 나뭇가지들을 이용하였고 벌레가 파먹은 썩은 나무들도 마다하지 않았다. 떨어진 꽃잎들을 주워서 작품을 만들고, 흙으로 작품을 빚었다.
물론 재료들이 나빠지니 작품을 완성하기는 어려워졌다.
썩은 나무로 만든 조각품은 볼품이 없었고, 꽃잎들은 금세 시들어 버렸다.
돌이나 절벽을 깎아서 만드는 장대한 조각품들은 시도도 할 수 없었다.

그리하여 나는 철을 녹여서 대부분의 작품을 만들었다.

강철의 조각품들은 만든 후에도 나 혼자만이 감상했다. 다른 조각품을 만들기 위해서는 그 강철을 다시 녹여야 했기 때문이다.

자연에 피해를 주지 않기 위한 최소한의 방법이었다.

왕족들과 귀족들의 의뢰도 끊기고, 나는 가지고 있던 물건들을 팔아 먹고살았다. 한 달에 1골드로 생활하면서 술도 끊어야 했고 식사도 줄여야 했다.

주위 사람들의 도움이 없었더라면 굶어 죽어야 했을지도 모른다.

데이크람은 조각술 마스터 중에서도 유별나게 알려진 소문이 없었다. 만들어 놓은 작품들도 유명한 게 많지 않다. 그로 인해서 찾기가 매우 어려웠는데, 예상치 못했던 사연이 있었던 것이다.

"조각술 마스터가 환경보호주의자라니."

위드는 한숨이 나올 지경이었다.

"그래도 게이하르 황제는 대륙을 통일했고, 자하브는 왕비와 사랑이라도 했잖아."

데이크람이 보여 주는 궁핍함이야말로 위드가 가장 멀리하고 싶어 하던 모습들이었다. 천사상을 보고 엄청난 부자인 줄 알았더니, 섣불리 판단한 게 실수였다.

하지만 그래도 위드는 끝까지 희망을 버리지 않았다.
"뒷돈을 챙겨 놓은 게 있을 거야."
다른 조각술 마스터들이 대단했기 때문에, 데이크람도 뭔가 위대한 능력을 가지고 있을 것이라 믿었다.

남들이 쓰지 못할 재료들, 농부들이 내다버리는 지푸라기나 거름까지 조각술의 재료로 활용했다.
사람들은 나를 미치광이로 알았지만, 진정한 조각품은 쌓여 있는 거름 덩어리에 핀 풀 한 포기에도 있었다.
자연도 조각품이란 사실을.
아름다움은 우리가 보지 못할 뿐 어디에든 있다. 그렇게 나는 조각품이 아닌 조각품들을 만들었다.
바닷가로 가서 백사장에서 모래성을 쌓아 보기도 하였고, 파도에 쓸려 온 조개껍질에 조각을 했다. 빗물이 땅에 남기고 간 흔적도 조각품이었다.
그러던 차에 나는 조각술에 대해 새로운 눈을 뜨게 되었다.
자연을 조각하면, 자연은 우리에게 그 위대함을 고스란히 돌려준다는 것이다.
막 쓰러진 나무에도, 땅속 깊은 곳에 박혀 있던 바위에도 그 자연의 기운이 있었다.
하잘것없는 사물에도 그 자신을 구성하는 힘이 있다는 것을 알게 되었다.

띠링!

> -스킬 자연 조각술을 익히셨습니다.
> 자연을 그대로 조각할 수 있습니다.
> 조각술과, 자연과의 친화력이 높아야 합니다.
> 조각 재료들의 생동력을 키웁니다.
> 돌이나 나무를 조각할 때에도, 남아 있는 자연의 힘이 금방 사라지지 않습니다.
> 자연의 힘을 최대한 보존한 채로 조각을 하면 조각품이 더 오랫동안 보존될 것입니다.

> -자연과의 친화력이 생성됩니다.

외곬으로 자신밖에 모르던 내게 그날 이후로 친구가 생겼다.

조각품을 만들 때는 자연과 함께라는 생각이 들었다.

조각술이 때리고, 자르고, 부수는 기술이 아니라 자연과 대화를 나누는 예술임을 알게 되었다. 썩은 나뭇조각을 깎으면서도 세상의 마나를 담아낼 수 있었다.

하지만 나의 조각술을 배우려는 자들은 없었다.

더럽고 험하고 볼품없고 이해하기 힘들다는 이유로, 아름답지 못한 내 조각품에 대해 배우려고 하지 않았다.

자연의 마나를 알아내고 조각을 하는 건 매우 힘든 일이다.

나의 말을 미치광이의 헛소리로 여길 뿐, 믿어 주는 자들이 없었다.

나는 세상에 내가 틀리지 않았음을 보여 주기 위해서 지골라스까지 왔다.

이곳 광산에서 땅을 파면서 모은 미스릴로 변변치 않은 작품을 만들었다. 미스릴이 간직한 강인하고 순수한 마나들이 아름다워서 시도해 본 것이다.

오랜만에 솜씨를 발휘해 보았지만 어쩌면 영영 누구도 찾지 못할 수도 있으리라.

헬리움에 대한 전설은 조각사들 중에서도 극소수만이 알고 있는 정보이고, 귀중한 나의 조각품을 아무나 발견하지 못하도록 숨겨 놓았기 때문이다.

다행히 조각사인 위드가 발견했다.
"찾기 어렵게 일부러 숨겨 놓다니, 괜히 생고생만 시킨 셈이잖아."

천사상을 남겨 준 선배 조각사에 대한 존경과 훈훈한 마음은 불과 1분 20초를 넘어가지 못한 셈.

조각술은 인내와 조화 그리고 도전이다.

익히기가 까다롭지만 조각품에 자연이 가진 마나의 힘을 담으면 그 가치는 대단할 것이다.

더 많은 조각사들이 나의 조각술을 배우기를 바란다. 나를 대신해서 조각사 길드에 가르쳐 준다면 그것도 괜찮으리라.

나는 이 헬리움을 조각하기 위해서 데브카르트 대산으로 떠난다.

나 데이크람이 가지고 있는 조각사의 알려지지 않은 기술, 대재앙의 자연 조각술.

내 조각술을 배우고 싶다면 데브카르트 대산으로 오라.

"에휴. 결국은 헬리움은 챙겨서 가 버렸군."

끝없는 욕심과 아이템에 대한 아쉬움.

위드는 한숨을 쉬면서 새로 획득한 스킬부터 알아보기로 했다.

"스킬 확인! 자연 조각술!"

초급 자연 조각술 1(0%) : 조각사 공통 스킬. 자연을 숭배하는 조각사들은 스스로 일찍 깨달을 수 있다.
조각술 마스터 데이크람이 체계화하여 다른 조각사들이 익힐 수 있게 만들었다.
제한 : 고급 조각술이 기본으로 필요. 자연과의 친화력이 높아야 위력을 발휘할 수 있음.
자연의 재료를 바탕으로 조각품을 만들 수 있다.
엘프와 요정에 비하여 인간은 숙련도를 올리는 데 3배의 노력이 필요함.

현재 자연과의 친화력 : 470.
자연을 주제로 한 많은 조각품들을 만드셨습니다. +153.
유로키나 산맥에서 다크 엘프들이 쏜 불화살로 인하여 친화력이 감소. -79.
호름 산의 등산으로 인하여 친화력이 늘었습니다. +15

빙설의 폭풍, 화산 폭발 등 위대한 자연의 힘을 인내했습니다. +29
북부 대륙의 일그러진 기후를 바로잡았습니다. +106.
정령들을 탄생시켰습니다. +80.
조각품 재료를 위한 자연 훼손. -32.
신비한 연못 건설로 인하여 자연을 지키는 요정들의 호감을 얻었습니다. +9.
판자촌이나 요새 등을 지어서 자연을 훼손했습니다. -47.
항해를 했습니다. +15.
데론해의 오로라를 보았습니다. +21.
지골라스의 불의 기운을 지켰습니다. +61.
자연을 해치는 몬스터들의 사냥을 많이 벌였습니다. +139.

주의 사항!
현재의 스킬 레벨과 친화력으로 자연 조각술 중에서 구름 조각술을 사용할 수 있습니다.

구름 조각술 : 자연 조각술을 바탕으로 사용할 수 있는 스킬.
조각술 스킬 레벨과 자연과의 친화력에 따라 비를 불러올 수 있습니다. 폭우 등의 재앙을 일으킬 수도 있지만, 그만큼 자연이 분노하게 될 것입니다.

 위드가 했던 수많은 자연 파괴 행위들이 낱낱이 기록되어 있었다.
 여러 퀘스트나 탐험 그리고 인내와 조각술에 대한 경험들은 친화력을 높여 주었다.

"매번 생고생만 한 줄 알았는데 그게 아니었군."

죽는 줄만 알았던 일도 지나고 나면 달콤한 추억으로만 남게 된다.

"이럴 줄 알았으면 빙설의 폭풍이 불 때에도 나가서 시원한 얼음 주스라도 마시는 건데!"

인내력이나 맷집이 높다고 해도 목숨을 장담하기란 어렵겠지만, 어쨌든 지금까지의 고난으로 얻은 친화력이 성과라면 성과!

"그러면 데브카르트 대산으로 가 보아야 하나?"

조각술의 비기를 얻기 위해서라도 데이크람을 따라가 볼 필요성이 있었다.

다행히 모라타와는 이틀 정도의 가까운 거리였다.

대재앙의 자연 조각술!

이름부터 심하게 마음에 들었다.

설마하니 조각품을 만들어서 자연이 일으키는 대재앙을 재현한다는 뜻일까.

해일이나 홍수, 지진, 산사태, 빙설의 폭풍, 화산 폭발 등을 만들 수도 있다는 것이라면…….

"정말 훌륭한 조각술이군!"

조각사가 된 이후로 가장 만족스러운 기술이 아닐 수 없었다.

"헬리움을 재료로 완성되었다는 조각품에 대한 소문도 들

어 본 적이 없어."

어쩌면 데이크람의 신변에 무슨 일이 생겼을지도 모른다.

위드는 솔직히 얼굴도 본 적이 없는 선배 조각사가 꼭 잘 먹고 잘살기를 바라는 입장은 아니었다.

세상이 얼마나 험하고 야박하던가.

소식이 없다면 나쁜 일이 생겼을 가능성도 매우 매우 높은 것.

"벌써 죽었으면 헬리움은 통째로 내 것이 되겠군! 크크크 크큿."

위드의 등에 붙어 있는 빛의 날개와, 지쳐서 쉬고 있던 누렁이가 공포로 몸을 부르르 떨었다.

위드는 금세 후회하고 반성했다.

"아니야. 그깟 헬리움이 뭐라고, 사람의 마음이 이렇게 간사해서는 안 되지."

누렁이가 안심하며 넓적한 귀를 펄럭거리려고 했다. 소들이 하는, 기분 좋을 때의 행동이었다. 빛의 날개도 화사하게 밝은 빛깔을 냈다.

"그래도 본성까지 타락한 인간은 아니로군."

"인간인 이상 일시적으로 유혹에 휘말릴 수는 있는 것이니까."

"조각술의 비기부터 배우고 나서 어디 눈먼 몬스터 1마리 제때에 나타나 주면 될 텐데. 음. 사람은 일에 최선을 다하고 나머지는 하늘의 뜻에 맡겨야 된다는 말도 있으니 미리 오우거라도 1마리 숨겨서 데려가 놓으면 될까?"

"……."

헬리움은 찾지 못했지만 자연 조각술을 얻었고, 데이크람이 가지고 있는 조각술의 비기에 대한 단서도 얻었다.

광산 내부의 확인도 마쳤으니 위드와 누렁이는 돌아갈 준비를 했다.

유리병 쪽지

몇 시간 사이에 헤르메스 길드의 어쌔신과 도둑으로 구성된 추적대들이 세 무리나 몰살당했다.

"또 연락이 끊어졌습니다. 마지막으로 보내온 소식은 위드와 함께 있던 매우 강한 여전사가 공격하고 있다는 것이었습니다."

"요 근처에 놈들이 있을 거야. 수색을 잠시 중단하고 어쌔신과 도둑 들을 호위하는 병력을 증강시키도록."

드린펠트는 목적지가 얼마 남지 않았다고 여기고, 헤르메스 길드에서 보내온 기사와 성기사, 마법사 들과 함께 전투 준비를 갖췄다.

어쌔신과 도둑 들에게는 해군 기사들과 수배된 해적들을

붙여 줘서 적의 습격을 버티도록 했다.

헬리움 광산 일대에서는 서윤이 만들어 낸 흔적들과 이를 따라오는 추적자들끼리의 쫓고 쫓기는 싸움이 벌어졌다.

"이쪽으로 발자국이 찍혀 있다. 지나간 지 얼마 안 됐어."

"반대편은 누가 막고 있지?"

"르티엘 님과 그쪽 조가 봉쇄하고 있습니다."

"호락호락하게 뚫리지 않겠군."

르티엘은 하벤 왕국 소속의 해군 기사들 중에서 서열 30위권 내에 드는 강자였다.

"그 전에 다른 던전으로 들어갈 수 있는 길이 나오니 빨리 쫓아야 합니다."

도둑들이 기사들과 함께 한껏 내달렸다.

속도는 빠르되 지구력이 비교적 낮은 직업이었지만, 지금은 가릴 처지가 아니었다.

서윤.

그녀에 의해서 어쌔신들이 셋이나 죽었고, 도둑도 1명이 죽었다.

그들과 함께 있던 호위 병력까지 포함한다면 자그마치 21명이 넘는 인원이 1명에게 몰살당한 것이다.

로아 : 엄청나게 강한 여자다. 조심해라.

트레비스 : 만나면 즉시 죽이기보다는 시간을 끌어. 사로잡아서

위드의 행방에 대해서 물어봐야 할 필요가 있으니까.

엘라윈 : 주력부대가 출동할 때까지 버티기만 해라.

지골라스에 있는 헤르메스 길드 유저들끼리는 길드 채팅이 쉼 없이 이루어졌다.

하벤 왕국에 있는 헤르메스 길드원들도 흥미진진한지 길드 채팅창을 열어 놓고 관전했다.

고첼 : 여우 사냥이로군.
스트라우스 : 제법 사나운 여우야.
제이거 : 지골라스는 너무 멀어서 안 간 게 조금 후회되는데.

서윤의 깨끗하던 갑옷에는 크고 작은 흠집들이 가득했다. 체력과 생명력도 떨어져 있었지만 자리에 앉아 쉬지 못했다. 추적자들이 포위망을 좁히면서 사방에서 모여들고 있었기 때문이다.

잠력 격발.

광전사는 체력의 마지막 한 가닥까지 쓸 수 있다.

경험치와 숙련도를 얻는 방식도 다른 직업과는 달랐다. 파티 사냥을 할 때는 경험치를 조금 덜 받는다. 휴식을 취하면서 느긋하게 몬스터를 사냥해도 경험치가 적었다.

 대량의 몬스터나 적 들이 있는 장소에서 목숨이 위험할 때까지 싸우고 또 싸우다 보면 전투와 관련된 스탯과 스킬이 대폭 증가한다.

 그런 상태에서 끊임없이 한계를 극복하면서, 목숨이 오가는 전투를 해야 남들보다 강해질 수 있는 직업.

 광전사인 서윤이었지만 지금의 상태는 상당히 위험했다.

 '더 이상 버티기 힘들 것 같아.'

 지금껏 마주친 몇 안 되는 적들은 서윤의 무력으로 쉽게 이길 수 있었지만, 그사이에 다른 어쌔신이나 도둑 들이 기사들을 끌고 몰려왔다.

 각종 독에 중독되어서 신체의 저항력도 무너진 후였다.

 "저년이다."

 "죽여 버려!"

 서윤에게는 그들을 뿌리치고 탈출하기 위한 시간이 없었다. 망설이다 보면 적들이 계속 늘어난다.

 '싸운다.'

 공격은 최소한으로 피하면서 31명에 달하는 인원을 척살!

 그들을 제압하자마자 체력과 생명력이 바닥까지 떨어졌다.

 다른 직업이라면 부상으로 전투 불능 상태에 빠졌더라도 이상할 게 없을 정도였다.

 전투가 끝나고 서윤은 잠시 쉬었다. 광전사의 후유증으로

온몸이 아프고 부상이 악화되는 부작용이 나타났다.

하루 전부터 위드에게도 적들이 나타났다는 귓속말을 보냈다. 그랬더니 대답이 돌아왔다.

-지금 나가는 중이야.

때마침 다행이었다.

전투도 하면서 10시간을 기다렸다가 왜 오지 않느냐며 다시 귓속말을 보냈다.

-짐이 많아서 늦어지는 중이야. 1시간 안에 도착할 거야.

다시 5시간이 지났다.

-거의 다 왔어.

2시간이 더 지났다.

-이제 금방이야.

'다른 곳으로 유인해야 해. 그러려면 이곳을 떠나야 한다.'

황금새와 은새가 헬리움 광산 안쪽에서 기다리고 있었다. 위드와 그들의 안전을 위하여 그녀는 떠나기로 결정했다.

서윤은 검을 쥐고 마지막으로 위드가 들어갔던 광산의 입구를 쳐다보았다.

'금방 다시 만날 수 있겠죠?'

서윤은 감정 표현이 서툴렀기 때문에, 스스로도 위드에 대한 감정이 명확히 정의되지는 않았다.

함께 시간을 보내고 싶고, 같이 있으면 편하고 만약 위드가 자신을 싫어하면 어쩌나 가슴을 졸이기도 했다. 위드가 힘들어하는 모습을 보고 싶지 않으며, 더군다나 다른 사람들에 의해 죽는 것은 절대로 보고 싶지 않았다.

'더 머무를 수 없어. 이제 가야 해. 추적대가 가까워지기 전에 이곳에서 멀리 떨어져야 해.'

서윤이 돌아서서 걸으려고 할 때였다.

헬리움 광산에서 달그락거리는 바퀴 구르는 소리가 났다.

위드와 누렁이가 황금새, 은새와 함께 손수레를 끌고 오고 있었다.

강림하는 일곱 천사상이 실려 있는 손수레였다.

땀으로 얼굴이 젖어 있으면서도 입가의 찢어지는 미소는 제대로 한몫 챙겼다는 승리자의 표정.

'위드 님이 왔구나.'

서윤은 그녀도 모르게 더없이 환하게 웃었다.

반가운 마음으로 가득 찬, 남자들의 가슴이 설렐 수밖에 없게 만드는 미소였다.

하지만 위드의 가슴은 철렁 내려앉았다.

살인을 저질러서 더 선명해진 서윤의 이름이 이마에 붉은색 마름모와 함께 표시되어 있었기 때문이다.

얼마나 많은 적들과 싸웠는지, 갑옷도 넝마에 가까울 정도였다.

"여길 빠져나가야 돼요."

서윤이 도둑과 암살자 들을 요격한 덕분에 헤르메스 길드

의 본대와는 아직 거리가 있었다. 반대 방향으로 빨리 피하면 이곳은 벗어날 수 있다.

 위드도 이런 던전에서 헤르메스 길드의 기사들과 전사들과 부딪치는 것은 부담이 컸다.

 광전사인 서윤도 몸이 정상이 아닌 상황!

 "챙길 건 다 챙겼으니 다른 곳으로 가서 숨자."

 드린펠트는 헤르메스의 성직자와 마법사, 기사로 구성된 정예부대와 함께 헬리움 광산의 입구에 도착했다.

 살아남은 발굴가와 둘밖에 남지 않은 도둑 그리고 해군 기사들도 같이 있었다.

 도둑들이 발자국을 조사하고 말했다.

 "이 안으로 들어갔던 흔적이 있습니다. 그러나 지금까지의 과정을 보면 위드는 발자국을 바꾸거나 교란하는 방법에 능숙합니다."

 서윤이 나타났을 때부터 기사들과 전사들은 마음의 준비를 했다. 그렇기 때문에 적당한 장소에 등장한 헬리움 광산은 위드가 있을 거란 의심을 강하게 심어 주었다.

 "괜히 막으려고 하지는 않았을 거야. 위드가 아직 이 안에 있을까?"

"모르겠습니다. 빠져나갔을 수도 있습니다. 일단 최근에 만들어진 수레의 바퀴 자국은 멀리 이어져 있는데… 몬스터들의 이동 흔적에 겹쳐서 그 뒤는 추적이 어렵습니다."

지리를 완벽하게 모르는 던전에서 포위망을 구성하기란 불가능하다. 실제로 구멍이 많았기 때문에 그곳들을 이용해서 빠져나갔을 수도 있다.

"독 안에 든 쥐라… 하지만 그 독이 너무 크군."

도둑과 어쌔신, 발굴가가 함께 지골라스의 던전 지도를 만들어 가고 있다.

현재까지는 뒤쫓는 입장에다 많은 불리함을 안고 있지만, 지도만 완성되면 수색 범위를 한정시킬 수 있고 병력을 보내 중요 길목들을 봉쇄하는 것도 가능했다.

"도망치는 놈들을 쫓다 보면, 급한 마음에 그곳이 사지이더라도 들어가는 모습을 흔히 보게 됩니다. 그리고 혹시 모르지요. 이 광산의 중간에 다른 출구라도 있을지."

헬리움이나 조각사의 보물이란 글귀에도 욕심이 생긴 헤르메스 길드원이었다.

"어서 안으로 들어가지. 혹시 모르니 일부는 이곳에 남겨 놓도록 하고."

드린펠트는 절반 이상의 병력과 함께 안으로 들어갔다.

위드가 예상했던 대로 공짜, 남의 것 좋아하는 명문 길드들로서는 빠져나가기 힘든 유혹이었던 것이다.

그리고 한참을 헤맨 끝에 철로와 광산용 수레가 있는 장소에 도착했다.

"여기서는 이걸 타고 이동하는 건가?"

4명의 유저들이 조심스럽게 탑승했다.

그들이 탄 수레의 바퀴에는 위드가 참기름을 잔뜩 발라 놓은 후였다.

—설치된 함정에 의하여 3명이 사망하고 1명이 중상을 입었습니다.
악명 29 증가!

위드와 서윤은 추적자들이 헬리움 광산으로 들어간 틈을 타서 멀리까지 도망쳤다.

황금새와 은새가 조인족으로 변신해서 누렁이를 거들어 주었기에 빨리 거리를 벌릴 수 있었다.

"이제 어디로 가요?"

서윤은 광전사의 후유증으로 인하여 모든 스탯과 스킬 숙련도가 줄어 있었다. 걷는 것도 힘든 수준이었다.

부상에서 회복되는 과정이라 온몸이 욱신욱신 쑤셨지만 힘든 기색을 억지로 숨겼다.

"원하던 것들은 다 얻었으니 지골라스를 빠져나가야지."

음머어어어!

누렁이가 다행이라는 듯이 크게 울더니 수레를 끄느라 힘겹게 움직이던 다리에 힘이 풀려 주저앉았다. 지골라스에 오고 난 이후부터 죽을 고생만 했는데 드디어 벗어난다니 기뻤던 것이다.
　베르사 대륙의, 이른 새벽의 이슬이 촉촉하게 젖어 있는 풀을 뜯어 먹으며 쉬고 싶었다.
　정이 많은 누렁이는 빙룡이나 다른 조각 생명체들도 그리웠다.
　"하지만 완전히 적들로 가득한데……. 밖에도 우리를 죽이려는 사람들이 있을 거예요."
　"그거야 나도 알고 있지."
　위드는 왠지 로맨스 영화에 흔히 나오는 장면 같다는 생각이 들었다.
　재난 영화에서 남자 주인공과 여자 주인공이 고립되어 갇힌다. 게다가 그들을 찾는 사람들은 목숨을 해치려는 나쁜 자들이다.
　극도의 긴장감이 흐를 법한 상황이었지만, 위드는 무덤덤한 상태였다.
　몬스터들과의 전투나 퀘스트도 쉬웠던 적이 없다.
　게다가 하벤 왕국의 함대가 도착했을 때 언데드 군단을 이끌고 기습을 한 건 위드였다.
　헬리움 광산에도 함정을 파서 유인했다.

웬만큼 나쁜 놈들에게는 친절하게 지옥을 가르쳐 줄 인간이었다.

"정찰을 좀 해야겠군. 나갔다 올 테니 여기에서 기다리고 있어."

"조심하세요."

서윤에게 누렁이를 맡겼다. 헬리움 광산과는 멀리 떨어진 다른 던전이었기에, 헤르메스 길드원들에게 당장 발각당할 염려는 없었다.

하지만 지골라스에서 사냥한 아이템을 비롯해서 천사상도 그녀에게 보관을 맡겨야 하니 불안한 마음이 드는 건 당연한 수순!

위드는 아무도 듣지 못할 정도로 작게 중얼거렸다.

"외출하기 전에 임대차계약서라도 작성하고 갈까? 아니야, 내 물건을 챙겨서 도망쳐 봐야 어디로 간다고. 물건들을 처분하기 위해서는 베르사 대륙까지 가야 할 텐데, 무거워서 한 발자국도 못 움직일 거야. 후후, 내가 그렇게 의심 많고 속 좁은 인간은 아니잖아."

생각이 여기까지 이르니 조금은 안심할 수 있었다.

"그래도 최대한 빨리 다녀와야지."

굴러다니는 돌덩어리로 작고 불길하게 생긴 까마귀를 조각했다.

"조각 변신술!"

위드의 몸이 작아지더니 까마귀로 변신했다. 그리고 누렁이의 등 위에 올라타 있는 황금새와 은새를 향해 귓속말을 했다.

-너희도 날 따라와라.
-알았다, 주인.
-그냥 가면 너무 눈에 띄니까 위장을 해야지.

황금새와 은새의 몸에 시커먼 숯가루를 묻혔다. 그러고는 누렁이의 등에 매달려 있는 배낭을 하나씩 입에 물도록 지시했다.

-가자.

위드와 배낭을 입에 문 2마리의 새들은 던전의 통로를 날아서 지나쳤다.

캬우!

몬스터들이 그들을 발견하고 몽둥이를 휘두르기도 했지만 빠른 비행으로 따돌려 버리며 통과.

영락없는 까마귀 3마리가 되어서 지골라스의 동굴 밖으로 뛰쳐나온 셋!

오랜만에 위드의 눈에 시리도록 푸르고 맑은 하늘이 보였다. 부글부글 끓고 있는 용암 화산들과, 저 멀리 하얀 설원까지.

지골라스의 경치를 하늘에서 고스란히 눈에 담을 수 있었다.

가슴이 천 배쯤은 넓어진 것처럼 확 트이는 개방감!

좁은 던전에서 곡괭이질을 하면서 겪었던 답답함이 모두 사라졌다.

위드는 있는 힘껏 사자후를 터트렸다.

"끼야아아아아아아아악!"

―불길한 외침을 터트리셨습니다.
소리를 듣는 이들의 행운이 감소합니다.
모든 이들의 적대감을 증가시킵니다.

듣기 싫은 괴성을 지르니 황금새와 은새의 시선이 곱지 않았지만, 위드의 낯 두꺼움은 그 정도는 신경도 쓰지 않았다.

위드의 까만 눈동자가 지골라스를 샅샅이 훑고 지나갔다.

'음, 역시 많이 몰려 왔군.'

하벤 왕국 함대의 선원들과 그리피스의 해적들이 지상에서 사냥을 하는 모습들이 보인다.

헤르메스 길드의 지원군이 올 때에도 선원들이 대거 도착했다. 드린펠트는 위드를 상대할 지원군과 함께 부족한 전투 선원을 보충했던 것이다.

얼지 않는 강 주변에 정박해 있는 수십 척의 군함과 해적선이 눈에 들어왔다.

위드 혼자서라면 조각 변신술만 이용하더라도 빠져나가는 것은 어렵지 않았다.

유린의 그림 이동술의 도움을 받을 수도 있다.

물론 그것은, 적들 중에도 마법사들이 있었기에 공간 왜곡을 펼치게 되면 엉뚱한 곳으로 떨어질 수 있는 위험한 방법이다. 어떤 경우에 처하더라도 유린을 위험에 빠뜨릴 수는 없다.

더군다나 그림 이동술은 지골라스에서 사냥과 채광을 하며 모은 잡템이나 광물, 조각상까지 옮겨 주지는 못했다.

생명과도 같은 소중한 잡템들이 지골라스에 인질로 잡히는 것!

어떻게 해서든 배를 구해서 빠져나가야 했다.

-나를 따라와라.

위드는 하늘을 날아서 군함들의 위를 통과했다. 그리고 얼지 않는 강을 따라서 낮게 날았다.

온도 차이가 극심한 지역이라서 조금만 높게 올라가도 강한 바람에 날기가 힘들었다.

암초에 내려앉아서 잠깐씩 휴식을 취하고 다시 날기를 반복하길 수차례!

얼지 않는 강을 벗어나 북동쪽 큰 바다의 입구에 이르러서 바닷가에 내려앉았다.

"조각 변신술 해제!"

위드는 인간의 모습으로 돌아온 후에 배낭을 열었다.

그 안에는 유리병들이 가득 담겨 있었다. 포도주, 위스키, 뱀 소주, 약초주 등 여러 종류의 술을 담을 병들까지 언제나

준비해서 다니는 위드였다.

"아까운 병들인데 써야 되겠군."

위드는 병 안에 쪽지들을 넣었다.

흔히 영화를 보면 무인도나 알 수 없는 곳에서 표류하던 사람들이 연락용으로 병에 쪽지를 담아서 상대에게 전해지라고 바다에 띄운다.

위드도 그 행동을 따라서 해 보려는 것이었다.

이 쪽지를 보는 모든 언데드들이여, 이곳으로 오라.

세상을 어둠으로 물들이고, 살아 있는 것들을 죽음으로 초대할 시간이다.

너희를 부른다.

불멸의 전사, 위드

쪽지에는 리치로 변해서 손바닥 인장까지 선명하게 찍었다.

"그리고 혹시 모르니까……."

위드는 토막 난 나무들을 꺼냈다.

유령선을 수리할 때에 부러진 돛대나 선체의 일부에서 나무들을 상당히 많이 얻었다.

퀴퀴한 냄새가 도는 나무 : 내구력 4/49.
오래된 나무.

소금기에 절어 있으며, 긴 세월을 바다의 유령들과 같이 보냈다. 불운을 몰고 다니는 특성을 가지고 있다.
무언가를 만들기에는 부적합한 재료.
옵션: 행운 -15.
　　　타는 듯한 목마름을 불러옴.
　　　해상에서의 습격을 감소시킴.
　　　가까이 두면 여러 종류의 소소한 저주를 받을 수 있음.

위드는 이 나무토막들을 가지고 해골이나 유령선을 조각했다.

"기념품으로 하나씩 줘야지."

해골과 쪽지를 담은 병들이 수백 개나 바다로 떠내려갔다. 나무토막으로 조각한 초소형 유령선들도 파도에 출렁거리면서 먼바다로 향했다.

"그리고 새로 익힌 조각술의 실험도……."

위드는 바닷물에 손을 담갔다.

"조각 재료 감정!"

이름이 지어지지 않은 해안가의 해수
바다의 물이다.
물은 생명력과 넓은 포용력의 성질을 가지고 있다.

위드의 손에 담긴 바닷물이 반짝반짝 빛났다.

"물이야말로 자연의 마나를 손상시키지 않고 조각하기에

좋은 거지."

 물은 깎거나 부수지 않고, 모으고 합치는 것만으로도 조각품을 만들 수 있다.

 "자연 조각술!"

 손가락 사이로 빠져나가 버리려던 물이 그대로 공중에 떠올랐다. 흐트러지거나 쏟아지지 않고 고스란히 형태를 유지하고 있는 모습이었다.

 위드는 누렁이도 목욕할 수 있을 정도로 많은 물을 띄워 올린 다음에 자하브의 조각칼을 꺼내서 형태를 다듬었다.

 "괜찮은 작품을 만들어야겠지."

 대충 만들 수는 없지만, 첫 작품인 만큼 완벽하기를 바라기도 무리다.

 위드는 유령선에서 먼 곳을 쳐다보고 있는, 외팔에 외다리의 리치 해적 더럴을 조각했다.

 띠링!

유령선을 조각하셨습니다.
바다를 누비는 리치 해적!
나쁜 언데드들의 표준으로 불러도 무방한 조각품.
물을 이용하여 조각되었다.
예술적 가치 : 179.
특수 옵션 : 언데드들의 활동 능력을 강화.
　　　　　　유령선들의 이동속도를 5% 올려 준다.
　　　　　　바다에서의 통솔력 2% 증가.

그럭저럭 무난한 작품이라고 할 수 있었다.
"구름 조각술!"
위드가 만들어 낸 조각품이 증발하듯이 사라졌다.

-구름 조각술을 사용했습니다.
 자연과의 친화력에 따라 물의 조각품을 구름으로 만듭니다.
 스킬의 레벨이 낮기 때문에 구름의 성질을 결정하실 수는 없습니다.

 높은 상공에 형성된 먹구름은 하늘에서 다른 구름을 먹어 치우면서 몸집을 불렸다.
 하늘에 구름으로 만들어진, 유령선과 해적 더럴의 완벽한 재현!
 위드가 처음으로 만든 구름은 어마어마하게 큰 먹구름이었다.
 바람에 따라서 구름은 큰 바다로 흘러갔다.

 플라네티스해의 재난이라고 불리는 유령선 플라잉더치맨호!
 "선…장, 바다에서 이걸 건졌다."
 누더기를 입고 있는 유령 선원이 병을 꺼내서 선장에게 보여 주었다.

구멍 난 해적 모자를 눌러 쓰고 있는 외다리 선장은 쪽지를 읽어 보고 나서 말했다.

"우…리를… 부르는… 초…대장이다. 돛…을 펼쳐…라. 전…속 항해…한다."

플라잉더치맨의 돛을 묶고 있던 밧줄들이 풀어졌다.

바람을 받아서 팽팽하게 펼쳐져야 할 돛들이었지만, 구멍이 나고 닳아서 제대로 퍼지는 돛은 1개도 없었다. 그럼에도 플라잉더치맨호는 순풍을 받은 것처럼 북동해를 향해 전진했다.

위드의 유리병에 담긴 쪽지를 받은 유령선은 플라잉더치맨호만이 아니었다.

네리아해의 유령선들도 그 쪽지를 받고 진로를 틀었다.

"가…자……."

"우리…를 부…른다. 리치…님의 거…부할 수… 없…는 명…령이다."

"혼돈…의 대…전사를… 해치…운 영예로…운 불…멸…의 전…사의 부름이…다."

위드가 다시 수정 리치로 변신했을 시기에는 고급 언데드 소환 스킬을 가지고 있었다. 스킬이 예상치 못한 효과를 발휘해서 유리병 쪽지들은 대부분 유령선들에 전달됐다.

게다가 혼돈의 대전사를 사냥함으로써 언데드로 변신했을 때의 명성이, 유령선뿐만 아니라 베르사 대륙의 언데드들에게 알려지게 되었다.

 인간들이나 다른 종족들에게는 전혀 관심도 두지 않던 언데드들끼리 위드에 대해 많은 이야기를 하고 있었던 참!

 어마어마한 명성이 효과를 발휘했다.

 인근만이 아니라 멀리 떨어져 있는 바다의 유령선 선장들까지 움직인 것이다.

 "더… 빨…리, 바다를… 가르…자."

 플라네티스해, 북극해, 대륙에서 멀리 떨어져 있던 유령선들이 전속 항해를 했다.

 네리아해에서 유령선들은 바다의 소용돌이로 빨려 들어갔다.

 유령선들은 선체가 아무리 부서지더라도 파괴되지 않는다. 네리아해의 소용돌이로 빨려 들어간 유령선들은 한참 후에 대륙의 서쪽에서 나타났다.

 "이…곳이 아니…야."

 다시 소용돌이로 빨려 들어가서 북동해에 출현하는 유령선들.

 어디 그뿐이던가!

 깊은 바다에 고요히 가라앉아 있던 침몰선들이 유령선이 되어 떠오르기 시작했다. 고급 언데드 소환 스킬이, 잠들어 있던 침몰선들과 난파선들을 깨운 것이다.

 "킬킬킬, 싸움이 났군."

200년 전에 잔인하기로 유명했던 해적 선원 자브리차!

그는 부하들에게 버림받고 무인도에 갇혀 굶어 죽은 이후 스스로 원한을 품고 언데드가 된 경우였다.

백사장에서 그에게도 유리병의 쪽지가 전달되었지만 어디 움직일 수 있는 수단이 없었다.

"킬킬, 킬킬킬!"

하릴없이 바닷가에서 서성거릴 때 지나가던 유령선이 그를 태웠다.

"어디…로 가는…가?"

"위드…에게로."

"가는 곳…이 같…군."

거친 파도와 폭풍우를 뚫으며 전진하는 유령선들이 바다에 모이고 있었다.

쪽배나 뗏목, 심지어는 통나무나 나무로 된 술통에 올라탄 채로 이동하는 언데드들도 엄청날 정도로 많았다.

페일 일행은 과거 니플하임 제국의 수도였던 모드레드에서의 퀘스트를 겨우 마쳤다.

"후아, 진짜 힘들었네요."

여간해서는 어려움을 내색하지 않는 이리엔이 의뢰를 마

치고 주저앉을 정도였다.

"몬스터의 천국이라더니 과장이 아니었어요."

화령도 지쳐 있던 와중이라 숨을 고르며 말했다.

무대에서야 기왕이면 관중이 많은 게 좋았다. 몇만 석 이상의 공연도 열정적으로 마쳤던 그녀지만, 끝도 없는 몬스터 떼 앞에서는 잘 숨어 다니는 게 최선이었다.

하지만 그런 어려움을 모두 극복하고, 기사의 검을 전문적으로 만들었던 명장 가문 비테오르의 후손을 모라타까지 데려왔다.

> -명장의 가문 의뢰를 완수하셨습니다.
> 모라타에 비테오르 가문의 장인들이 정착하게 됩니다.
> 도시의 무기 기술력이 빠르게 증가하게 됩니다

퀘스트의 보상으로는 비테오르 가문에서 보관하고 있던 보석들을 받았다.

"나중에 여러분을 위한 장비를 만들어 드리겠습니다. 우리 가문은 검을 전문적으로 제작해 왔지만, 방어구들을 제작하는 실력도 그리 뒤처지지는 않습니다."

몬스터들을 해치우면서 비테오르 가문의 생존자들을 데려온 보람이 있었다.

상인 마판은 그 보석들과, 바다에서 교역했던 물건들을 처분하고 목돈을 벌었다.

"마판이라는 상인이 이번에는 보석 거래소의 돈을 쓸어 갔다는군."

"구경을 가 보세."

주민들이 그를 보기 위해서 이동하는 것도 볼 수 있을 정도였다.

하지만 그들이 여유롭게 쉬기도 전에 다시 사건이 터졌다.

"위드 님을 죽이기 위해 헤르메스 길드에서 보낸 병력이 지골라스에 도착했다네."

"우리가 도와줘야 되는 거 아니에요?"

굳이 메이런이 말해 주지 않아도, 다들 로열 로드와 관련된 프로그램들은 관심 있게 시청하고 있었다.

위드가 하벤 왕국의 함대와 싸울 때부터 관심을 두고 지켜보고 있었는데, 헤르메스 길드의 고레벨 유저들도 지골라스에 도착하는 장면이 방송에서 나왔다.

베르사 대륙은 그 사실로 인하여 무수한 논쟁이 벌어지는 와중이었다.

거대 길드의 폭거라는 말에서부터, 혼돈의 대전사도 사냥했던 위드이기 때문에 호락호락하게 당하지는 않을 것이라는 싸움 예상까지!

페일이 걱정스럽게 이야기했다.

"위드 님은 귓속말도 차단해 놓았고… 어떻게 지내시는지 모르겠군."

"유린이한테 물어볼까요?"

화령이 나서서 위드의 여동생인 유린에게 근황을 물어보기로 했다.

-유린아, 지금 어디야?

-그림 속이에요.

-그림? 그보다 지금 궁금한 게 있는데… 위드 님은 요즘 어때?

-오빠가 많이 힘들어하던데요.

-힘들어해?

-네. 집에서 밥을 먹으면서도 어딘가 지쳐 있고 화가 난 표정 같기도 했어요.

당시 위드는 한창 곡괭이질을 하면서 헬리움을 찾으려고 할 때였다. 땅을 아무리 파도 끝이 안 나니 당연히 표정이 좋을 수가 없었다.

-그래도 알아서 잘하고 있다고, 계획대로 진행되고 있으니까 걱정할 필요 없다고 했어요.

유린은 위드의 말이라면 철석처럼 믿었다.

어릴 때부터 업고 다니면서 지켜 주던 든든한 오빠였다.

그녀가 솜사탕을 먹고 싶어 할 때나 장난감이 필요하면, 동네 꼬마들의 것을 강탈해서라도 조달해 주던 믿음직한 오빠.

비가 오는 날에는 우산을 가져다주고, 날씨가 더우면 포장

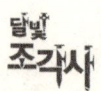

도 뜯지 않은 아이스크림을 갖고 왔다.

동네에서 장난꾸러기로 유명한 꼬마들도 위드나 유린만 보면 공포에 몸을 떨어야 했다.

화령은 뒤에 붙은 유린의 말은 싹둑 자르고 요약해서 말했다.

"어떻게 해요. 위드 님이 힘들어한대요."

그러자 상상력이 풍부한 수르카가 울상을 지었다.

"제 생각에 위드 님은 헤르메스의 유저들에게 쫓겨 다니고 있을 것 같아요."

"설마 위드 님이?"

메이런이 믿을 수 없어서 반문했다.

"살기 위해서 완전 불쌍하고 처참한 모습으로 도망 다니고 있을 거예요. 그러다가 결국 잡히면 죽임을……."

"아!"

그들이 공통적으로 떠올린 것은 영화에서나 나오던 '도망자'였다. 물 한 모금 편히 마시지 못하고 고초를 겪으면서 도주하는 장면들이 저절로 연상되었다.

마음 약한 이리엔의 눈가에는 벌써 글썽글썽 눈물이 어렸다.

위드가 드린펠트나 해적들에게 쫓기고 있다니, 막 퀘스트를 마친 후였음에도 불구하고 앉아서 쉴 수가 없었다.

"우리라도 지골라스로 가요! 가서 위드 님을 도와주는 거예요.”

 화령이 당차게 말하자, 일행은 근처에 새로 생긴 교역항으로 달려갔다. 배를 사서 지골라스까지 항해하려는 것이었다.

 “쾌속선을 사러 왔어요. 어서 보여 주세요.”

 배를 구하던 도중에 벨로트가 불현듯 말했다.

 “그냥 유린이의 그림 이동술로 데려오면 안 돼요?”

 벨로트는 말하고 나서도 스스로 깜짝 놀라 고개를 저었다.

 “아니에요. 못 들은 걸로 해 주세요. 제가 괜한 말을 했어요.”

 강대한 적과 싸우지 않고 피할 수 있다면 그게 최선의 길!

 하지만 실행하는 데에는 지골라스와 적 마법사들의 존재 때문에 현실적으로 어려운 부분이 있었다.

 그리고 명분상으로도 유린의 그림 이동술로 지골라스를 벗어나는 것은 편법이었다.

 전쟁의 신 위드가 헤르메스 길드가 무서워서 꽁무니를 뺀다. 그러면 위드가 쌓아 놓은 명성은 물거품이 되어 버리고 말 것이다.

 남자들은 때때로 그런 사소한 것에도 목숨을 거는 법이 아니던가.

 그런 이유로 벨로트가 자신의 말을 취소했을 때, 다른 일행은 이미 그림 이동술에 대해서 냉정하게 검토를 마친 후였다.

 대외적인 평판이야 어떻든 간에 오랜 동료들만 아는 이

야기.

위드는 절대 잡템을 포기할 사람이 아니다.

화령과 제피는 기억 속의 지독한 악몽이었던 바스라 마굴에서의 사냥을 떠올렸다.

장장 29시간 동안의 연속 사냥을 하면서 그저 죽기만을 바랐다. 그 정도로, 악착같이 살아남으면서 몬스터들을 학살하던 위드!

배낭에 가득 담긴 잡템을 처분하기 위해서 마을을 다녀올 때만이 짧은 휴식 시간이었다.

그동안에도 위드는 조각품을 만들면서 노가다를 했다.

지골라스에는 마을도 없으니 잡템들을 엄청나게 모아 놨으리라.

"잡템을 포기하는 위드 님이라니 도저히 상상도 안 가요."
"삶의 의욕을 완전히 잃어버릴지도……."
"그 손실을 만회하기 위해서 쓰러질 때까지 사냥을 할 수도 있어요."

그림 이동술의 한계로, 지골라스에서 사냥하며 모았을, 산더미처럼 쌓여 있을 잡템까지 옮기지는 못한다.

결국 위드를 구출해 오기 위해 배를 사서 지골라스를 향해 항해하려는 동료들이었다.

위드가 부담스러워할지 모른다는 판단에 그에게는 비밀로 하고 숨기기까지 했다. 도착하기 하루나 이틀 전에 말할 작정이었다.

"지골라스로 가는 항해로를 잘 모르는데……."

"위드 님이 갖고 있는 지도를 몇 번 보긴 했는데, 잘 찾을 수 있을지 모르겠어요."

마판이 솜씨 있는 NPC를 선장으로 고용했지만, 항해에 대한 여러 걱정들도 많았다.

그런데 정작 북동해로 나오니 엄청난 유령선들의 행렬이 지골라스가 있는 방향으로 이동하고 있었다.

뗏목과 통나무에 탄 유령들, 바다에 떠 있는 것이 신기할 정도로 부서진 난파선, 유령선을 호위하는 바다 괴물들까지 함께 움직이고 있는 놀라운 광경이 아닌가!

바다에 나오지 않았더라면 미처 볼 수 없었을 장면이다.

북동해에는 아직 다니는 배가 없었기에 페일 일행만이 이 광경을 보고 있다고 해도 틀리지 않으리라.

그제야 페일 일행은 정신이 번쩍 들었다.

"왠지 우리가 생각했던 그런 모습이 아닐 수도……."

"어마어마한 일이 벌어질 모양이네요."

유령 선원들이 조종하는 배들은 돛대 주변을 날아다니는 시커먼 콘도르들과 함께 이동했다.

페일 들이 탄 배는 유령선들과 적당한 간격을 두고 따라갔다.

그런데 저 뒤에서 고만고만한 크기의 배들과는 다르게 대형

전함들이 바다를 가르면서 무시무시한 속도로 접근해 왔다.
"좌현 전타!"
배에 고용된 선장은 부딪치지 않기 위해서 키를 완전히 왼쪽으로 꺾었다.
일행이 타고 있는 배는 아슬아슬하게 전함들의 진행 방향에서 벗어났다. 전함들이 일으키는 물보라에 배가 심하게 휘청거릴 정도로 가까운 거리였다.
전함에는 다크 나이트를 비롯하여 마녀, 해군 병사의 유령, 그 외 언데드들이 가득가득 타고 있었다.
전함들은 일행이 타고 있는 배는 거들떠도 보지 않고 지골라스가 있는 방향으로 항해했다.
"휴, 겨우 살았네."
"완전 죽다 살아난 기분이야."
앞서서 전진하는 전함들을 보며 겨우 안도의 한숨을 내쉬고 있을 때였다.
메이런이 손가락으로 전함의 깃발을 가리켰다.
"그런데 우리 저 깃발, 어디서 많이 본 것 같지 않아요?"
고통에 몸부림치며 절규하는 해골의 깃발.
틀림없이 본 기억이 있다. 그것도 매우 비중이 있는 문양이라는 생각이 들었다.
"저도 봤던 거 같은데."
"나도 본 기억이 나."

수르카와 페일도 확실히 봤던 문양이라고 했다.
"어디서 봤더라."
떠올리기 위해 애를 쓰고 있을 때, 마판이 설마 하며 말했다.
"전에 위드 님이 오크 카리취로 변했을 때요."
"네?"
"그때 저 깃발을 봤습니다. 세르파의 마녀들이나 샤이어가 들고 나왔던, 불사의 군단을 상징하는 깃발입니다."
마판이 몸서리를 치며 말했다.

상인으로 살면서 죽을 고비를 가장 많이 넘긴 날이었다.

전황이 바뀔 때마다 마른침을 수없이 삼키면서도 눈을 떼지 못했던 전투!

카리취와 다크 엘프, 오크 들이 연합을 해서 벌였던 전투는 아직도 명예의 전당에서 조회수가 5위 안에 올라 있다.

"아, 맞다! 불사의 군단이었지."

메이런이 이제야 떠올랐다는 듯이 박수를 쳤다.

"뭇 언데드들의 제왕이라고 불리는 불사의 군단의 깃발……."

"그럼 저 전함들이 불사의 군단에서 나온?"

일행은 동시에 눈을 마주쳤다.

"갑시다!"
"가요!"
"선장님, 최대 항해 속도로!"

돛들을 펼치고 가장 빠른 속력을 냈지만 장거리 항해였다. 언데드들과는 달리 선원들도 쉬어야 했고 그리 좋은 쾌속선도 아니라서, 순식간에 유령선들보다 훨씬 뒤처질 수밖에 없었다.

생명 부여의 기적

위드는 지하 던전으로 다시 돌아와서 조각품을 깎으며 시간을 보냈다. 그냥 언데드들만 데리고는 지금의 난관을 극복하기 어려웠다.

"조각술을 써야 돼. 조각술의 힘으로 위기를 벗어날 수 있을 거야."

자연 조각술을 익힌 후부터 조각 재료들이 다르게 보였다.

표면의 재질뿐만이 아니라 내부에 담고 있는 마나들까지 저마다의 형태를 띠고 보였던 것이다.

재료에 담겨 있는 마나를 손상시키지 않고 조각품을 만들어야 되기 때문에 조각술의 어려움이 대폭 올랐다. 단단한 광석이라고 하더라도, 두들기고 깎을 때에는 충격이 내부까지 전달됐다.

'정확하고 매끄럽게.'

예술적 가치에는 영향을 주지 않았지만, 완성된 조각품의 내구력 등은 훨씬 올라 있었다.

- 예술 활동으로 인해 악명이 2 감소합니다.

조각사의 또 다른 장점!

조각품을 만들면 명성이 잘 오르고, 악명은 잘 떨어졌다.

위드가 만족스럽게 웃었다.

"역시 조각사는 조각품으로 말하는 거지."

노가다로 작품을 찍어 내면서 드는 생각.

"명성이 너무 높아서 어려운 난이도를 가진 퀘스트를 해도 악명이 잘 떨어지고, 조각품을 만들어도 악명이 잘 떨어지는군. 나중에 기회가 된다면 정말 엄청 나쁜 짓을 저질러도 되겠어."

개과천선보다는 더 큰 나쁜 짓의 기회를 엿보는 위드였다.

광부가 되어서 땅을 팔 때에도 상당한 양의 악명이 감소되었다.

"악명을 빨리 떨어뜨리기 위해서는 천사나 어린아이 들을 만들어야지. 사실 데이크람도 어쩌면 못된 짓을 저지르고 천사를 만들었을지도 몰라."

조각술 마스터까지 비슷한 부류로 만들어 버리는 위드!

방긋방긋 웃는 해맑은 어린아이들을 조각했다. 100명이 넘게 조각된 해맑은 여자아이들은 커다란 곰 인형 정도의 크기였다.

"역시 악명이 잘 떨어지는군!"

서윤이 접속해 있지 않을 때에는 누렁이와 황금새, 은새가 조각을 하는 것을 구경했다.

그들은 조각 생명체였기 때문에 조각술을 펼치는 것만 보더라도 경험치가 조금씩은 쌓였다.

황금새, 은새, 누렁이가 차례로 말했다.

"주인이 꽤 오랫동안 조각품을 만드는군. 저렇게 즐거워하는 표정은 나를 때릴 때와 아이템을 주울 때 말고는 본 적이 없어."

"악취 나는 리치라고 꺼렸지만 조각술 실력은 탄탄한 것 같아. 조각사는 조각술 실력이 높은 게 우선이지."

"우리 주인이 실력은 있지. 은근히 인간성도 좋은 편이야."

"누렁아, 난 잘 모르겠는데. 정말 인간성이 좋아? 나중에 더 지켜보면 좋은 사람이란 걸 아는 날이 올까?"

"내가 살아 본바로는 때리고, 잡아먹으려고 하고, 몬스터들에게 몰아넣고, 구박을 하긴 하지만, 주인의 말에 따르면 자기처럼 좋은 주인 만난 걸 행운으로 알라고 했어."

"그게 아니야, 누렁아. 우리는 속고 있는 거야."

조각 생명체들이 이처럼 안타까운 현실에 대한 대화를 나누고 있을 때에, 여자아이의 조각상들이 누렁이를 보고 입맛을 다셨다.

그 광경은 너무 짧게 지나가서 아무도 보질 못했지만 틀림없는 사실이었다.

위드의 죽은 자의 힘이 스스로 성장하면서 조각품에도 나쁜 영향을 미친 것.

위드는 간단히 만들어 놓은 수많은 조각품들을 일일이 감정하지는 않았다. 그럭저럭 괜찮게 된 작품만 가끔 살펴보는 정도였다.

기쁘게 웃음 짓는 아이의 조각상
말썽이라고는 절대 부리지 않을 것처럼 천진난만하게 웃고 있는 여자아이의 조각품.
유명한 조각사이며 모험가인 위드의 손에 의해 만들어졌다.
특별한 능력은 없지만, 선물용으로 좋을 것 같다.
예술적 가치 : 6
옵션 : 매력 +2.

하지만 조각품이 제멋대로 살짝 움직이거나 표정이 이상해지는 순간에는 설명이 달라졌다.

마성에 물든 아이의 조각상

음산한 웃음을 짓는 여자아이의 조각품.
나쁜 소문이 끊이지 않는 부패한 조각사의 손에 의해서 만들어졌다.
소유하고 있는 사람에게는 안 좋은 일들이 계속 생길 것 같다.
악마적 가치 : 15
옵션 : 탈옥수, 지명수배자, 밀무역꾼, 악인 들에게 모든 스탯 +2.
  행운 -10.
  아주 낮은 확률로 위험한 재난이 벌어질 수 있다.

 조각품을 만들면서 악명을 떨어뜨려서 위드의 이마에 새겨져 있던 붉은색 이름이 완전히 사라졌다.
 "드디어 됐군."
 악명이 완전히 없어진 건 아니었지만 살인자 상태는 벗어나게 된 것.
 살인자 상태에서는 껄끄러운 점들이 많다.
 모라타야 솔직히 치안이 엄격한 편은 아니다. 하지만 다른 신성 도시나 왕국의 수도, 행정청을 방문할 때에는 입구에서부터 경비병들에게 저지당하게 되리라.
 귀족이나 국왕을 만날 수 없는 것은 물론이었다.
 명성이 아무리 높다고 해도 믿을 수 없는 자에게는 의뢰도 잘 맡기지 않았다.
 "이제 좀 더 폭넓게 조각술을 펼칠 수 있겠어."
 지골라스를 빠져나가기 위해 세워 놓은 계획에서도 살인자 상태를 벗어나는 건 필요했다.

이제야 그 준비가 갖춰진 것이다.

"떠 내려보냈던 유리병들이 무사히 잘 도착했을지 모르겠군."

서윤이나 누렁이나, 좁은 곳에 숨어 있으면서 잘 버텼다.

서윤은 조각품을 만드는 걸 구경했고, 누렁이는 어떻게든 살 수만 있다면 참을 수 있었다.

악착같은 생존 욕구!

던전의 깊숙한 곳에 숨어서 식량을 아껴 먹으며 조각품을 만드니 난민이나 다를 바 없는 모양새였다.

위드는 조각품을 만들고, 때때로는 재봉 스킬을 활용해서 준비물들을 제작했다.

"옷은 스무 벌이면 되겠지. 하급 천을 쓰더라도 옷감이… 아니야. 완전히 하급 천과 가죽을 쓸 필요는 없어. 나중에 회수해서 팔면 되니까. 하지만 내가 입을 해적 복장은 그만한 옵션들을 맞추기가 어려우니 비슷하게 하는 게 중요하겠군."

위드에게는 니플하임 제국의 기사복이나 귀족들의 복장, 재봉 스킬들을 익힐 때 주문받았던 맞춤옷들에 대한 재단법이 있었다.

그런 옷들을 바탕으로 조금씩 수정을 가해서 해적들의 정복을 만들었다.

"해적이면 해적답게 대충 넝마나 걸치고 다닐 것이지, 뭐 하러 잘 차려입는지 모르겠어."

위드의 재봉 스킬이 워낙 높은 경지에 있었기에 해적들의 옷도 제법 근사하게 만들어졌다.

돈과 스킬, 레벨 등은 배신을 하지 않는 것.

위드는 악명을 더 낮추기 위한 조각과 재봉을 하면서도 틈틈이 하루에 한 번씩 까마귀로 변신해서 바다까지 나가 봤다.

그리고 악명이 거의 미미하게 남은 날, 바다 저편 가득 유령선들이 보였다.

"왔구나. 그럼 계획을 실행해야겠군."

유리병의 쪽지를 본다면 올 거라는 믿음이 있었다.

바다에서 빈둥빈둥 돌아다니는 게 유령선의 일과인데 안 올 리가 없는 것이다.

설혹 오지 않는다면 보다 어렵고 힘든 계획을 진행해야 할 테지만, 유령선들이 보이니 일은 훨씬 쉬워졌다.

물론 그렇다고 해서 얼지 않는 강까지 유령선들을 진입시키는 건 안 될 일이다.

유령선들의 숫자가 제법 많다고는 해도 폭이 좁은 강의 안쪽에서는 하벤 왕국의 제2함대와 해적 연합의 먹잇감이 되어 버릴 뿐이니까.

위드가 서윤과 조각 생명체들을 데리고 지골라스를 탈출

하기로 한 날.

까마귀로 변신한 위드가 조각사의 탑에 내려앉았다. 옆에는 검댕을 뒤집어쓴 황금새와 은새가 호위하듯이 섰다.

"역시 아닐 거야."

의심으로만 머릿속에 남아 있던 일을 확인해 보기 위해 온 것이었다.

"맞을 리가 없지."

지골라스에서 한 고생들은 위드의 모험 중에서도 특별히 심한 정도였다.

정상적인 방법으로는 너무 힘들어서 리치로 변신해서 언데드들을 사용했을뿐더러, 모든 수단을 동원하고도 실패했다.

안식의 동판이 없었다면, 서윤이 와서 도와주지 않았다면 처참한 실패로 끝났을 퀘스트!

조각사 퀘스트로는 전투의 난이도가 지나칠 정도로 높았는데, 혹시나 게이하르 황제의 조각품의 생명 부여를 사용하라는 뜻이 아니었을까.

황금새를 따라서 빈 몸뚱이로 지골라스에 온 볼품없는 조각사. 그리고 조각사들의 유산에 생명을 부여해서 부하를 만들고, 퀘스트까지 완수하는 감동의 대서사시가 아니었을까.

그러지 않는다면 도저히 깰 수가 없는 퀘스트였다.

문제는 그런 깨달음이 퀘스트의 중반 이후에나 왔다는 점

에 있었다.

"미심쩍은 부분들은 꽤 있지만 쓸데없는 일을 하는 거지. 그래도 여기에 그대로 방치해 두기에는 너무 아까운 조각품들이 많으니까."

조각사의 탑에는 대작, 명작 조각품들이 여러 개나 되었다.

베르사 대륙 전역을 뒤져 보더라도 잘나가는 국가의 왕궁이나 드워프들의 보물 창고가 아닌 이상 이렇게 주인 없는 조각품들이 많은 장소는 없으리라.

조각품들을 다 들고 가지 못할 바에야 좋은 것 몇 개 정도는 생명을 부여해서라도 데려가고 싶은 욕심이 있었던 것.

위드는 탑의 주변에 헤르메스 길드원이 있는지부터 철저히 살폈다.

다행히 탑을 지키면서 감시하는 해적들은 둘밖에 되지 않았다.

헤르메스 길드에서도 조각품의 혜택을 받기 위해서 아침마다 이곳으로 온다. 그러나 여러 번 본다고 해서 효과가 중복되는 건 아니라서 하루에 한차례밖에 오지 않았다.

조각사들의 유산은 딱히 몸을 숨기기 어려운 평탄한 지형에 워낙 눈에 잘 띄는 탑이라서, 위드가 설마 이곳에 나타날 거라고는 의심하지 않는 것이리라.

위드는 의심이 많고 길드들과 싸운 경험이 충분해서, 웬만한 잔꾀나 암습으로는 죽이기가 어려웠다.

현재까지 지골라스의 던전에 숨어 있으면서도 버티기가 쉽지 않았지만 적들을 잘 피해 왔다.

위드의 성격을 그들이 알았더라면 대규모의 인원을 동원해서 막다른 길에 몰아넣는 것보다 확실한 방법이 있었다.

무지막지하게 비싼 아이템을 땅에 버려 놓는 것이다.

위드를 엄청난 갈등에 몰아넣을 수 있는 함정!

위드는 은새, 황금새와 함께 조각사의 탑 주변에서 보초를 서는 해적들에게 슬금슬금 접근했다.

"으하하암! 졸리고 지루하군."

"이런 곳에 위드가 올 리가 없을 텐데 뭐하러 지키라고 하는지 모르겠어."

해적들이 구시렁대는 소리가 들렸다.

위드가 폴짝폴짝 뛰어서 접근을 하는데, 해적 하나가 무심코 고개를 돌렸다.

위드와 해적의 눈이 마주치고 말았다.

"까마귀네?"

위드는 다리로 날개를 긁다가, 까악 하고 울음을 터트렸다. 옆에 있는 돌멩이를 보면서 발로 툭툭 차기도 했다.

은새와 황금새도 그들끼리 몸을 비비거나 하면서 딴청을 피웠다.

"재미있게 노는군. 이 새들이나 좀 봐."

해적이 관심을 끊으면 다시 다가가려고 했지만, 무료한 보초 생활이라서 상당히 오래 위드를 지켜보고 있었다.

위드는 길게 하품을 하더니 꾸벅꾸벅 조는 시늉을 했다. 그러자 은새와 황금새도 금방 따라서 했고, 해적들은 다른 곳으로 시선을 돌렸다.

그때 위드를 필두로 다가간 은새와 황금새!

따다다다닥!

발등을 먼저 쫀 후에 수직으로 상승하며 연속 쪼기!

해적들의 평균 레벨은 낮았고, 그들이 상대하기에는 믿기 어려울 정도로 높은 레벨을 가진 3마리 새의 합동 공격이라서 쉽게 처리할 수 있었다.

위드는 조각 변신술을 해제하고 인간으로 돌아왔다.

"감시하던 해적들이 죽은 게 발각되는 건 금방일 테니 서둘러야겠군."

조각사의 탑에 있는 많은 조각품들 중 대작과 명작 들에만 생명을 부여할 작정이었다.

위드의 레벨도 곧 400이 가까워질 무렵이기도 했고, 생명 부여를 무한정 하다 보면 결국 스스로가 성장을 못 한다.

조각사의 탑을 보고서도 생명 부여를 하지 못했던 이유가, 퀘스트의 난이도가 너무 높다 보니 조각 생명체들이 죽어 버릴 것을 걱정했기 때문이다.

위드는 탑에 들어가서 가까이 보이는 명작 조각품, 기사상에 손을 댔다.

"기사에 생명을 부여해야 될까?"

부하로 기사 하나쯤은 갖고 싶었다.

그래도 레벨과 스탯을 소모하는 일이었으니 신중해질 수밖에 없다.

마침내 위드가 결정을 내렸다.

"조각품에 생명 부여!"

바다 생물, 대형 생명체, 이름 모를 몬스터에 기사 들까지 다양한 조각품이 있는 와중에, 명작인 기사상부터 생명을 부여했다.

'충성심이 높은 기사야. 확실하게 철저히 부려 먹어 줘야지.'

띠링!

> -8대 조각사 길드의 수장 젠버린과 그의 동료들이 만든 대작 조각품, 지골라스의 불가사의, 영웅을 기다리는 고요한 탑에 생명을 부여했습니다.

"어라?"

위드는 빌라스가 만든 조각품, 기사상에 생명을 부여했다. 그런데 뜬금없이 영웅을 기다리는 고요한 탑에 생명을 부여했다는 메시지 창이 뜬 것이다.

쿠르르르릉!

조각사의 탑이 커다란 울음소리를 내며 흔들리고, 두껍게

쌓여 있던 먼지들이 바람에 씻겨 나갔다.
 그러면서 모습을 드러낸 것은 고색창연한 탑!
 생명 부여가 만들어 낸 하나의 기적!
 위드의 눈앞에 영상이 흘러나왔다. 이제는 익숙한 방식이었다.

 조각사들이 배를 타고 지골라스에 도착했다.
 그들은 용감하게 헬리움을 찾아 나섰을 뿐만 아니라, 이곳에서도 그들의 역작을 조각했다. 조각사들의 강한 의지는 어떤 어려움으로도 꺾을 수가 없었던 것이다.
 젠버린은 조각사들을 데리고 온 대표였다. 그는 비장하게 말했다.
 "귀중한 조각품들을 허술하게 놔둘 수는 없습니다. 그리고 우리가 이 지골라스에 오는 마지막 조각사들이 아닐 수도 있습니다."
 지골라스에서 최후를 맞이하고, 다른 조각사들이 이곳에 오게 되는 것까지도 생각하고 있었다.
 "그들의 조각품을 보관할 수 있는 장소를 만들어야 합니다. 우리의 꿈과 희망을 보관할 수 있는 장소를 찾읍시다."
 헬리움을 찾는 작업이 가장 중요했지만, 지골라스에서 생의 끝에 만들 조각품들을 놔둘 장소도 필요했다.
 지진과 화산 폭발에 안전한 장소를 찾아내고 조각사들이

협동해서 작업을 했다.

"어떤 위협에도 버틸 수 있는 공간, 그러면서도 예술적인 공간을 만듭시다."

높이 치솟은 돌산을 통째로 조각했다.

깎아 내서 층을 만들고, 입구를 뚫고, 표면을 조각했다.

건축과 조각은 완전히 다른 갈래라고 보기 어렵다. 조각사들은 돌산을 통째로 조각하여 탑을 만들어 버리고 말았다.

웅대한 조각품.

예술품들을 수호하는 탑이었다.

대작! 영웅을 기다리는 고요한 탑을 완성하셨습니다.
지골라스에 온 조각사들이 만든 불가사의!
젠버린과 동료들이 재능과 노력을 더해서 만든 조각품이다.
여러 개의 안전한 방과 널찍한 전시실 들이 내부에 만들어졌다.
탑의 네 부분에는 태양과 화산, 바다 그리고 조각사들이 표현되어 있다.
예술적 가치 : 17,695.
특수 옵션 : 영웅을 기다리는 고요한 탑을 본 조각사들은 하루 동안 생명력의 최대치가 2배로 증가한다.
조각된 몬스터들과의 친밀도가 향상.
몬스터들에 대한 사냥법을 배울 수 있다.
조각탑 내부에서 휴식 시 빠른 속도로 생명력과 마나를 회복할 수 있다.
지골라스의 환경에 적응하는 능력을 향상시킨다. 온도와 기후의 영향을 적게 받음.
화염 마법에 대한 내성 55% 상승.

> 화염 계열 몬스터들에 대한 저항력 증가.
> 조각사들에 한해서 전 스탯 39 상승.
> 하루 동안 조각술 스킬의 효과가 8% 증가함.
> 조각탑에 조각품을 전시하게 되면, 조각술에 대한 업적을 조금 더 많이 획득할 수 있음.

 젠버린과 동료들에 의해서 대작 조각품이 완성되었다.

 그들은 지골라스를 탐험하다가 모두 죽어 갔지만, 다른 조각사들이 와서 이곳에 작품을 만들었다.

 조각품들이 차곡차곡 쌓여 가면서, 영웅을 기다리는 고요한 탑은 불가사의한 작품이 되었다.

 띠링!

> -영웅을 기다리는 탑에 '영구한 보존' 마법이 발휘됩니다.

 다재다능한 조각사들 중에는 마법에 정통한 이도 있었다.

 탑에는 강력한 보호 마법이 펼쳐지고, 많은 조각 예술품들을 안전하게 보관하게 되었다.

 수백 년의 시간이 흐르면서 탑과 조각품들은 하나가 되어 자리 잡아 갔다.

 위드가 보던 영상이 끝이 났다.

 "이렇게 훌륭한 탑이 있었는데 전에는 알아차리지 못했

다니."

탑에는 먼지가 몇 센티씩 쌓여 있었다. 그렇기 때문에 탑 자체가 조각품이라는 사실을 무심코 넘어가 버리고 만 것이다.

―조각품에 생명을 부여하셨습니다.
조각품의 능력은 현재 설정된 예술 스탯 2,041에 따라 레벨에 맞춰 461로 변환됩니다.
대작 조각품, 역사적인 조각품의 효과로 인해서 32%의 레벨이 추가되어 608로 늘어납니다.
생명체에 세 가지의 속성이 부여됩니다.
조각품의 모양과 수준에 따라 부여되는 속성의 수준과 능력치가 다릅니다.
예술의 속성(100%), 수호의 속성(100%), 생명의 속성(100%).
예술의 속성으로 인하여 조각품과 미술품을 좋아하고, 작품들의 효과를 150%로 이끌어 낼 수 있습니다. 자신뿐만 아니라 동료들 전체에게 해당됩니다.
수호의 속성으로 인하여 주인과 동료들을 위험으로부터 지키려고 할 것입니다.
생명의 속성으로 인하여 압도적으로 많은 생명력을 가지고 태어납니다.
젠버린과 동료의 작품으로 인하여 특별한 용기가 부여됩니다.
보호 마법으로 인하여 강력한 방어력을 가집니다.
마나가 5,000 사용되었습니다.
스킬의 효율이 증가해서 생명을 부여할 때 소모되는 레벨과 스탯의 양이 20% 감소합니다.
예술 스탯이 6, 영구적으로 줄어듭니다. 줄어든 스탯은 조각품이나 다른 예술과 관련된 활동을 통해 보충할 수 있습니다.
레벨이 2 하락합니다. 레벨 하락에 따라서 보유하고 있는 스탯이 5 줄어듭니다. 줄어든 스탯은 레벨을 올리게 되면 다시 부여할 수 있습니다.
생명이 부여된 조각품을 소중히 다루어 주십시오. 목숨을 잃으면 다시 생명을 부여해야 합니다.
완전히 파괴되었을 경우에는 되살릴 수 없습니다.

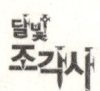

살아난 조각탑이 위드를 향해 자신의 이름을 묻기도 전에 한 일이 있었다.

-피와 땀으로 만들어진 조각품. 우리는 서로 다르지 않은, 모두가 하나의 몸과 같다.

-영웅을 기다리는 고요한 탑이 예술의 힘을 발휘합니다. 생명력을 조각품에 나누어 줍니다.

위드가 처음 생명을 부여하려고 했던 기사의 조각상에 자잘한 균열이 생기면서 갈라졌다. 그러더니 잠시 후 조각상이 움직이면서 살아 있음을 알렸다.

조각 생명체가 탄생하는 모습은 언제 보아도 신기하고 경이로웠다.

그런데 그걸로 끝난 게 아니었다.

기사의 주변에 있던 조각품들에도 균열이 퍼지는 것이었다.

"이건 설마?"

대형 생명체, 수많은 몬스터들, 곤충들.

먼지에 뒤덮여 있던 조각품들이 움직이기 시작했다.

각양각색의 수많은 조각품들에 함께 생명이 부여되어 숨을 몰아쉬었다.

시간이 멎어 있었던 것처럼 오랫동안 이곳에 자리 잡았던 조각품들이 거짓말처럼 살아났다.

위드가 있는 층만이 아니라, 탑 전체의 조각품들이 살아난 것이다.

> -조각품에 생명 부여 스킬로 인하여 조각사들의 유산이 깨어났습니다.
> 영웅을 기다리는 고요한 탑은 생명력을 나누어 줌으로 인하여 <u>스스로의 생명력이 절반으로 감소합니다.</u>

다양한 조각 생명체들이 위드를 향해 저마다의 방식으로 생명을 부여해 준 것에 대한 인사를 했다. 주둥이를 크게 벌려서 이빨을 보여 주거나 꼬리를 흔들고, 검을 들거나, 하늘을 향해 우렁차게 포효했다.

전율이 일어나는 이 광경에, 조각탑이 불만스럽게 말했다.

"내 몸이 왜 이렇게 더러운가."

깔끔함을 좋아하는 예술품이었던 만큼 먼지 털기에 바빴다.

다른 조각 생명체들도 머리와 어깨, 몸통에 달라붙은 먼지들을 부지런히 털었다.

위드는 기꺼이 온천에라도 데려가 주고 싶었다. 등도 밀어 줄 수 있었다.

조각 생명체들이 일제히 말했다.

"주인, 이름을 지어 다오."

"주인, 태어나게 해 주셔서 감사합니다. 충성을 다해서 모시겠습니다."

"주인, 내 이름은 뭔가?"

"크르릉. 누구와 싸워야 되는가."

여럿이다 보니 이름을 붙여 주는 것만 해도 쉬운 일이 아니다.

돌고래를 닮은 매우 큰 바다 괴물은 바닥에서 데굴데굴 굴렀고, 대작 조각품 중의 하나인 불의 거인은 말을 할 때마다 화염을 내뿜었다.

생김새나 크기가 같은 생명체가 하나도 없다 보니 난장판도 이런 난장판이 없었다.

"너희의 이름은……."

위드는 이름 짓는 것을 미루기로 했다.

각양각색의 조각품이었기 때문에 부르기도 쉽고 특성에 맞는 이름을 심사숙고해서 지어 주어야 했다.

"나중에 지어 줄게."

"그러면 우리를 부르기가 어려울 것입니다."

기사가 정중하게 이름을 지어 달라고 요청했다. 명예를 중요하게 생각하기 때문이었다.

"일단 편한 대로 부를게. 어이, 야, 너, 거기, 저기요 등으로……."

"……."

조각을 했던 사람이 위드가 아니라서 충성도가 처음부터 높지는 않았다. 기사들은 명예를 중요하게 여기므로 함부로

대하는 것은 더더욱 참기 어려웠던 것.

하지만 위드에게는 시간이 별로 없었다.

"조금 후면 바로 큰 전투를 치러야 할지도 모르니 제대로 된 이름을 짓는 건 다음으로 미루자."

전투라는 말에 눈알을 번뜩이는 조각 생명체들이었다.

위드는 일단 지상전과 해상전 양쪽을 염두에 두고 준비를 했다.

"어쨌든 이런 장소에서 피해를 보는 것처럼 무의미한 죽음도 없겠지. 일단 계획대로 한다."

해적들이 지키고 있는 임시 선착장. 얼지 않는 강에는 하벤 왕국의 제2함대와 해적선들이 줄을 지어 정박해 있었다.

"지루하기 짝이 없구만."

"위드는 언제 잡는 거야? 우리는 만날 배만 지키고 있으니 뭐가 어떻게 돌아가는 사정인지도 전혀 모르겠고."

"슬슬 기다려 봐. 곧 좋은 소식이 오겠지. 어쨌든 위드가 죽기만 하면 우리도 고향에 돌아가서 자랑할 거리가 생기는 거니까."

해적들이 불만스럽게 말하면서 패를 돌렸다.

야밤에 시간을 때우기 위한 방법으로는 도박만 한 것이 없는 것.

지골라스에 오면 금방이라도 위드를 잡을 수 있을 것 같았지만 그렇지 않았다. 위드는 미꾸라지처럼 정말 잘 도망 다녔다. 지골라스의 넓은 지하 던전들을 안방처럼 활용할 뿐만 아니라 함정으로 유인하기도 했다.

도둑과 어쌔신, 발굴가가 있었지만 그들도 절대적인 건 아니었다.

땅에 남겨진 흔적들을 바탕으로 적을 추격하는 실력은 단연 일품이었지만, 위드가 포위망을 벗어나서 숨어 버리고 난 후에는 추적이 어려워졌다.

몬스터, 유저들과 선원들, 해적들이 만들어 낸 흔적들이 섞여 버리고 난 뒤인 것이다.

"그래도 놈은 갇혀 있는 신세라서 잡히는 건 시간문제야. 지하 던전의 지도를 완성하고 있다 하니, 한 군데씩 수색하면 금방이지."

"그렇긴 하겠지? 위드라는 이름값이 괜한 건 아닌 거 같아. 헤르메스 길드에서도 고생을 하는 걸 보니 말이지."

"어허험!"

해적 1명이 갑자기 크게 헛기침을 하더니 자리에서 일어났다. 다른 해적들도 눈치를 채고 잽싸게 일어났다.

해적들의 우두머리, 해적왕 그리피스가 그들이 있는 임시 선착장으로 걸어오고 있었던 것이다.

"약탈! 근무 중에 이상 없습니다."

그리피스가 다가와서 어깨를 두들겨 주었다.

"수고가 많아."

"아닙니다, 그리피스 님."

그리피스는 해적 제독의 모자를 착용하고 있었다. 레벨 제한이 400이 넘는다고 알려진, 해적들에게는 부러울 수밖에 없는 모자였다.

"무슨 일로 여기까지 오셨습니까?"

"답답해서 바람이나 쐴 겸 나와 봤다."

그리피스의 목소리는 일부러 위조한 것처럼 탁하고 걸걸했다.

"배를 타시려고요?"

"그래. 내 배를……."

그리피스는 말을 멈추고 잠시 머뭇거렸다.

선착장에는 엄청난 규모의 배들이 정박해 있었다. 해적선들과 하벤 왕국의 함대가 절반씩 나뉘어 있다. 임시 선착장에 공간이 부족해 강 위에도 절반 이상의 배들이 정박해 있는 모습이었다.

욕심은 많았지만 대장 해적선 융프라우호는 지나칠 정도로 크고 호화스러웠다. 배를 운용하는 인력도 많이 필요하다.

"융프라우호를 준비시킬까요?"

"간단히 바람이나 쐬려고 하는데 굳이 그럴 필요까지는 없겠지. 빠른 범선을 타고 나갔다 오겠다."

"해적들을 준비시킬까요? 제가 직접 모시고 싶습니다만."

해적왕과 함께 항해를 하다 보면 바다에서 경험해 본 적이 없는 속도를 낼 수 있다. 그렇기에 해적들은 상당히 기대가 되는 눈치였다.

그리피스는 고개를 저어 그 제안도 거부했다.

"금방 돌아올 것인데 번거롭다. 혼자 다녀올 것이다."

"예, 알겠습니다. 다음 밤 항해에는 저희도 태워 주세요!"

"기회가 된다면 꼭 태워 주도록 하지."

그리피스는 임시 선착장에 정박해 있던 중형 범선을 몰고 출항했다.

느리게 항해하는 모습에 해적들이 중얼거렸다.

"천천히 항해를 즐겨 보실 생각인가 보군."

"그리피스 님이 전속력으로 항해하면서 적함에 충돌할 때는 정말 빠르지."

"노를 젓는 갤리선만큼은 바다에서 그리피스 님처럼 빠르게 지휘하는 분이 없어."

중형 범선 메추리호는 얼지 않는 강을 따라서 곧장 바다로 나가지 않고, 지골라스를 빙글 돌았다.

흰 설원의 맞은편으로 연기를 내뿜는 화산들이 있다.

경치가 감탄밖에 나오지 않을 정도로 워낙 좋은 장소였기에 해적들은 의심을 품지 않았다.

 하지만 해적들의 시야에서 벗어난 순간, 중형 범선 메추리호는 지골라스의 연안으로 다가갔다.

 암초들로 인하여 닻을 내리고 정박하기 힘들었지만, 그리피스는 최대한 가까이 붙였다.

 -이제 나와도 돼.

 음머어어어.

 근처에 있는 던전의 입구에서 누렁이가 튀어나와 범선을 향해 질주했다.

 그 뒤로 서윤과 황금새, 은새, 그 외의 조각 생명체들이 연달아서 나왔다. 야음을 틈타서 범선에 승선하는 것이다.

 "빨리빨리 타!"

 그리피스의 정체는 조각 변신술로 위장한 위드였다.

 조각품과 의뢰 등으로 악명을 충분히 낮추어서 살인자의 상태를 벗어났다. 물론 해적들과 해군들 중에도 현상 수배범이나 살인자 상태인 자들이 많았기 때문에 그 덕도 적지 않게 보았다.

 그리피스가 평소에 입는 모자와 제복을, 가지고 있는 원단을 활용해서 만들고 위장한 것이었다. 물론 실제 옵션이나 방어력과는 하늘과 땅만큼의 차이가 있지만, 밤에는 외관상으로 잘 구분이 안 되었다.

 중급 재봉술 정도 되면 짝퉁도 명품에 근접해서 만들 수

있는 것!

 인간형 조각 생명체들이 밧줄을 타고 오르고, 날 수 있는 조각 생명체들은 다른 동료들을 안고 날갯짓을 했다.

 조각 생명체들이 모두 타고 나니 중형 범선은 밑부분이 묵직하게 가라앉았다.

"그럼 가자. 잘 있어라."

 위드는 그곳에서 멀리 보이는 조각탑을 향해 모자를 흔들며 인사를 했다.

 조각탑은 배로 옮길 수 없는 거대한 작품이었다. 그리고 지골라스에 만들어진 작품이다.

 조각품을 지키는 사명을 다했지만, 최후까지 이 땅을 지키며 남기로 한 것이다.

"안녕히."

 위드가 아쉬움에 다시 인사를 했다.

'베르사 대륙으로 데려가서 부려 먹으면 정말 좋을 텐데.'

 하지만 조각탑의 의사가 너무도 확고했다.

 넓은 대륙보다는 지골라스에서 사라진 조각사들을 기리면서 살기로 결심했다는 말에, 더 이상 설득이 불가능했다.

'앞으로 지골라스의 새로운 보스급 몬스터가 될지도 모르겠군.'

 쿠오아아아아아아!

 조각탑은 어서 떠나라는 듯이 커다란 울음을 터트렸다. 아래층에서부터 층을 올라가면서, 탑 전체가 한꺼번에 울며 신비로운 공명음을 냈다.

 조각탑은 훌륭하게 조각품을 지켜 왔고, 이제 헤어져야 할 시간.

 "그럼 가자."

 위드는 조각 생명체들에게 지시를 해서 닻을 거두고 출발 준비를 했다.

 황금새와 은새가 돛대에 올라서 밧줄을 풀어내고 돛을 활짝 펼쳤다.

 '지골라스와는 이것으로 안녕이로군.'

 무게가 크게 늘어난 중형 범선이었다.

 선실에 조각 생명체들이 가득 찼을 뿐만 아니라, 복도와 갑판에도 있었다.

 적정 용량의 절대적 초과!

 바람을 한껏 받았음에도 처음에는 거의 미동도 하지 않을 정도였지만 강물을 가르면서 조금씩 움직이기 시작했다.

 위드가 키를 돌리자, 크게 한 바퀴를 선회하고 얼지 않는 강으로 향했다.

 선착장을 지나가고, 하벤 왕국의 제2함대도 스쳐 지나갔다.

 해적왕 그리피스가 배를 타고 있다는 사실이 이미 알려진 후였기 때문에 그들도 저지하지 않았다.

순풍을 받은 위드의 배는 점점 빠르게 속도를 올리면서 얼지 않는 강을 운항했다.

그리고 잠시 후, 하벤 왕국 함대 소속의 유저들은 그들의 상관에게 보고를 했다.

- 해적왕 그리피스가 배를 몰고 바다로 향했습니다.
- 무슨 일로?
- 별일 아닙니다. 선착장의 보초를 서던 해적들에게 물어보니 바람을 쐬러 나갔다 온다고 했답니다.
- 알았다.

배의 입출입을 통제한다는 규칙에 의해서 보고는 했지만, 경비를 맡은 쪽이나 보고를 받는 쪽이나 크게 신경을 쓰지 않는 것은 마찬가지였다. 상대가 같은 편인 해적왕 그리피스였기 때문에 그의 통행에 대해서는 따로 허가를 받지 않아도 되었던 것이다.

그리고 한참이 지난 후였다.

보고를 받았던 해군 기사가 다급하게 귓속말을 전해 왔다.

- 아까 그리피스가 바다로 향했다는 보고를 하지 않았나?
- 예, 했습니다.
- 진짜 해적왕 그리피스였나?
- 해적들이 확인해 준 사실입니다.
- 이런! 큰일 났군!
- 무슨 일이십니까?

―해적왕 그리피스는 지금 드린펠트 님과 같이 있다. 배를 타고 나간 사람은 해적왕이 아니다.
―예에? 그게 무슨 터무니없는…….
―길게 말하고 있을 시간이 없다. 어서 그 배를 붙잡아!
―보이지 않습니다.
―그럼 빨리 추격해!

하벤 왕국의 함대는 닻을 내리고 돛들을 활짝 펼쳤다. 해적들의 함대에도 소식이 전해졌는지, 일제히 출항할 준비를 했다.

"놈은 절대 빠져나갈 수 없을 것이다."

"뒤쫓아라!"

선착장과 전투함을 지키던 인원이 배를 끌고 먼저 나섰다.

하지만 조각 생명체들 중에서 바다 생물들이 그들이 움직이기만을 기다리고 있었다.

대포를 쏘고 화살을 날렸지만 결국은 격침!

던전과 지상에서 사냥을 하던 유저들과 해적들이 선착장으로 돌아오는 길목은 조각탑이 막고 있었다.

"크오오오오!"

조각탑이 걸어 다니면서 유저들과 병사들을 짓밟았다.

위드와 조각 생명체들이 떠나는 길을 지켜 주기 위하여 나선 것이었다.

강력한 파괴자로서의 위용!

헤르메스 길드의 유저들이 탑과 전투를 하려고 하자 드린펠트가 말렸다.

"저놈은 나중에 처리해도 된다. 위드를 잡는 게 우선이니 모두 배부터 타라."

헤르메스 길드의 주력과 해적들은 조각탑을 피하면서 배에 승선했다.

엄청난 피해가 발생했지만 돛을 올리고 순차적으로 선착장을 떠났다.

"크오와아아아아아아!"

마지막까지 방해를 한 조각탑은 지골라스의 화산 지대로 걸음을 옮겼다.

데스 오라

"으흠, 좋은 바람이군."

위드는 입가에 썩은 미소를 지었다.

적재 과다인 중형 범선의 속도는 지긋지긋할 정도로 느렸지만 여유가 있었다.

"너무 빨리 벗어나도 안 되니까."

황금새가 지속적으로 적들의 위치를 알려 오고 있으니 시간에 맞춰서 대비를 하면 된다.

넓은 바다로 나간다고 하더라도 기동력이 좋은 적들을 따돌리지 못할 바에야, 얼지 않는 강에서 승부를 볼 작정이었다.

"그럼 준비들을 해 놓고……."

위드는 조각 생명체들 중에 날 수 있는 것들에게 일을 시켰다.

"근처의 얼음 밑에 묻어 놔. 먹는 거 아니니까 깨물지 말고 조심해서 살살 다뤄라."

지골라스에서 몬스터들을 사냥하고 획득한 화염탄들이 많이 있었다.

협곡의 좌우에 조각 생명체들이 딱따구리처럼 부리로 쪼아서 얼음에 구멍을 뚫고 화염탄들을 넣었다.

누렁이는 그 광경을 측은하게 볼 뿐이었다.

'나는 날 수가 없어서 다행이구나.'

위드에게 생명이 부여된 것은 마냥 기뻐할 일만은 아니었다.

주 5일제나 상여금, 연월차, 그 외 복지 혜택 전무.

모라타에서 암소를 만나 처음 새끼를 보았을 때에도 누렁이는 쉬지 못하고 일을 했다.

육아휴직도 금지!

끊임없이 일을 만들어서 부려 먹고, 갱도 안에서도 일을 했으니 최악의 근로조건이었다.

그렇게 조각 생명체들이 고생을 해서 협곡에 화염탄들을 묻어 놓았다.

"아까운 내 아이템들이······."

위드는 안타까운 표정을 지었다.

슬픈 영화와 책을 봐도 하품만 나오던 위드였지만 지금은

너무 슬퍼서 눈물이 주룩주룩 나왔다.

위드는 지금의 감정에 솔직하기로 했다.

"내 한 방울의 눈물은 최소한 800골드, 아니 8,000골드 이상이다. 절대 에누리나 단체 할인은 없을 거야!"

이런 감정들은 참으면 절대로 안 된다.

"스트레스가 쌓이면 위장병이 생길지도 모르고, 폭식을 해서 음식을 축낼 수도 있지. 정신을 건전하게 지켜야 해. 항우울제를 사 먹을 때도 돈이 드니까!"

위드가 바다를 향해서 배를 몰아가고 있을 때, 지골라스가 있는 방향에서 대규모의 선단이 등장했다.

하벤 왕국의 함대, 해적들의 전투함들이었다.

"예상보단 조금 늦었군. 더 늦었으면 기다려야 할 뻔했는데."

조각탑이 활약을 해 주었던 것은 모르고 있었다.

위드는 의미가 없어진 그리피스의 조각 변신술을 해제했다. 그리고 재봉으로 만들었던 옷들도 다 벗었다.

모라타로 돌아가게 되면 다시 팔아야 할 옷이기에 깨끗하게 유지하는 것.

일단은 필요에 의해서 수정 리치로 다시 돌아가기로 했다. 죽은 자의 힘이 늘어나는 게 우려스럽기는 했지만 부득이하게 곧 있으면 유령선들을 지휘해야 할 처지였다.

"조각 변신술!"

위드가 수정 리치로 조각 변신술을 펼쳤을 때에는 모습이 전과는 많이 달라져 있었다.

몸이 두둥실 공중으로 30센티미터 정도 떠올랐다. 주변에서는 시커먼 기운들이 소용돌이치면서 흘러내렸다.

침이 꿀꺽 넘어갈 정도로 엄청난 위압감을 가진 리치의 모습이었다.

-조각 변신술을 사용합니다.
조각술에 대한 무한한 애정은 그 조각품과 조각사를 서로 닮게 만든다!

-몸의 형태가 바뀌면서 새로운 장비들을 착용할 수 있습니다.
제물을 바쳐 언데드 전용 갑옷과 무기를 소환할 수 있습니다.

-조각 변신술의 영향으로 지혜와 지식이 매우 높게 증가합니다.
체력의 한계가 사라집니다.
네크로맨서 스킬을 사용할 때 25%의 추가적인 효과를 획득합니다.
공중 부양이 저절로 이루어집니다.
마법력이 깊어집니다.
높은 예술성과 조각 변신술 그리고 언데드 소환 스킬의 영향으로 데스 오라가 발동됩니다.
통솔력과 카리스마를 제외한 다른 스탯들과 행운 스탯들이 최하로 감소합니다.
생명력과 마나가 대폭 늘어납니다.
리치 전용의 생명력 흡수와 마나 흡수의 효율이 47%까지 올라갔습니다.

-경고! 조각 변신술의 부작용으로, 리치로서 지속적으로 활동하다 보면 인간성을 잃어버릴 수도 있습니다.
완전한 리치로의 변이 : 19.3%

-조각품 리치로의 변화가 이루어지면서 조각품에 대한 이해의 스킬 레벨이 1 상승하였습니다.

조금 더 진짜 리치에 가까운 모습!

"그래도 아직 수치가 낮은 편이군."

위드는 일단 바뀐 모습에 만족했다.

해골 리치로 바뀌었을 때에는 평범하기 짝이 없었다. 리치 샤이어나 리치 바르칸에 비하면 미흡한 수준이었다.

하지만 네크로맨서 마법을 증폭시켜 주고 언데드를 강화해 주는 데스 오라가 발생하면서, 시각적으로 부족한 점들을 충족시켜 주었다.

"키 높이 신발을 신을 필요도 없겠어."

30센티나 공중으로 떠올라서 날아다닐 수 있게 되었다.

"과연 공기가 달라!"

고작 30센티였지만 시선의 위치부터 달라졌다.

리치가 되니 어두운 밤중임에도 불구하고 대낮처럼 훤히 볼 수 있는 건 물론이다.

"커험."

어쨌든 아직은 드린펠트의 함대에 의해서 쫓기는 신세!

"한 5분이면 따라잡겠군."

상대의 속도를 염두에 두었을 때, 그 정도의 시간이면 충분히 마법이나 포격의 사정거리에도 들어오게 된다.

위드의 범선이 화염탄이 묻힌 장소들을 지나가고 있을 때였다.

"여깁니다."

"여기예요!"

"위드 님, 기다리고 있었습니다. 저희를 태워 주세요. 에이취!"

멀리 강가에 오들오들 떨면서 나와 있던 3인조. 헤인트, 프렉탈, 보드미르가 구해 달라고 옷을 흔들어 댔다.

빙하 지역을 걸어서 통과하기에는 무리고, 어떻게든 살아 보겠다는 일념으로 위드가 지나가기만을 강가에서 기다리고 있었던 것이다.

갑판에 떠올라 있는 위드를 보며 간절하게 외치는데 뒤쪽으로 함선들이 보였다.

"뭐야! 드린펠트, 개자식의 함대가 쫓아오고 있잖아."

"아아, 틀렸어! 우리를 태워 주지 않을 거야."

"위드 님이 그냥 가면 우리가 대륙으로 돌아갈 방법이 없는데……."

상식적으로 생각해서 뒤에 대규모의 함대가 쫓아오는데 강가까지 와서 그들 셋을 태울 의무는 없을 것이다.

위드가 지나가 버리고 나면, 그들 셋은 언제 다시 올지 모를 배를 기다리거나 빙하 지역을 걸어서 가로질러야 한다.

주변에는 나무가 없어 뗏목도 못 만들고, 돌아다니는 몬스

터의 레벨을 감당할 수도 없는 처지.

얼지 않는 강가를 따라서 하류까지 내려간 다음에 빙하라도 잘라서 타고 망망대해를 가로질러야 할 판이었다.

물론 바다 한복판에서 빙하가 녹아 버리기라도 한다면 비참한 처지에 놓이게 될 건 뻔하다.

"제발 태워 주세요!"

절박하게 외치는 3인조에게 위드의 범선이 속도를 줄이며 가까이 왔다.

위드가 갑판에 서 있었다.

"대륙으로 갈 거지?"

"네, 물론입니다. 정말 멋있게 변하셨군요. 가지요. 가고말고요!"

몇 달간 고립된 것도 서러운 마당에, 어쩌면 1년 이상을 이곳에서 살아야 할지 모른다.

즐거움과 행복이 가득한 로열 로드에서, 외딴 곳에 그렇게 오랫동안 갇혀 있는 것만큼 억울한 일이 또 있으랴!

눈물에 콧물까지 흘리는 척하며 애원하는 헤인트와 프렉탈, 보드미르는 순한 양과 같았다.

위드가 느긋하게 다시 말했다.

"내 배는 승선료가 조금 비싼데… 얼마까지 가지고 있어?"

리치로 변하고 나서도 돈에 대한 갈망은 조금도 줄어들지 않았다.

그래도 이름난 악당이라고 순순히 당하고만 있을 수는 없었던지, 헤인트가 교활하게 눈동자를 굴리더니 대답했다.

"우리 셋이 합쳐서 2,759골드 있습니다."

너무 적은 액수를 말하면 위드가 그냥 가 버릴 수 있다. 아까웠지만 가지고 있는 돈의 절반 조금 넘게 불렀다.

위드는 아쉽다는 듯이 고개를 저었다.

"통행료가 7,000골드인데… 미안하지만 못 태워 주겠군."

"예에? 하지만 위드 님이 태워 주기만을 기다렸는데……. 안 태워 주시면 저희는 이곳을 벗어날 수가 없습니다!"

"나 말고 배 많이 있잖아. 돈 없으면 다른 배 타도록 해."

"저놈들한테는 이미 욕을 해서 태워 주지 않을 거라고요! 그리고 저희와 함께 이곳까지 오지 않으셨습니까."

함께 왔으니 돌아갈 때도 같이 가자는, 나름대로 설득력 있는 논리.

누렁이조차도 고개를 끄덕이면서 반박할 만한 말이 없다고 생각했다. 결자해지라는 말처럼, 일을 저지른 사람이 풀어야 되지 않겠는가.

그런데 위드는 단칼에 잘랐다.

"그건 너희 사정이고."

그런 사소한 이유는 관심 밖!

"거리를 감안해도 승선료가 200골드면 되잖아요."

"싫으면 다른 배 타."

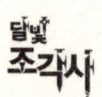

배를 뺏으려고 했던 악당들에게 자비를 베풀 필요는 없다.
위드의 목적은 단 한 가지였다.

어차피 이곳까지 왔으니 돌아가야 하는 목적지는 같다. 합승에 바가지요금, 여차하면 승차 거부까지 할 태도!

"야, 빨리 그냥 달라는 돈 주고 타자."

"저 사람도 가면 우린 진짜 여기서 갇혀서 지내야 돼. 드린펠트 함대도 계속 쫓아오잖아. 흥정을 할 때가 따로 있지, 여기서 시간 끌다가는 죽도 밥도 안 돼."

드린펠트의 함대가 다가오는 것을, 위드보다 오히려 보드미르와 프렉탈이 더 걱정해 주고 있었다.

3인조가 가지고 있는 돈을 모두 꺼내 보고, 금괴나 보석 같은 귀중품을 털어 보니 딱 7,425골드가 나왔다.

"위드 님, 7,000골드를 내겠습니다!"

"선금이야."

간신히 7,000골드를 내고 셋은 중형 범선에 서둘러 뛰어올랐다. 그리고 갑판에서 본 엄청난 조각 생명체들의 떼!

"이 몬스터들은 대체 다 어디서 나온 거야."

"무진장 무섭게 생겼군."

웬만한 몬스터들은 생김새로 압도할 정도로 잔인하고 섬뜩하게 생긴 조각 생명체들도 있었다.

"이대로 몇 달을 갇혀서 보낼 줄 알았네."

"진짜 막막하던 시간이었어."

그들이 어쨌거나 살았다고 겨우 한숨을 쉬고 있을 때였다.
"이제부터는 너희가 이 배를 운전해라."
"예, 알겠습니다."
3인조가 원하던 바이기도 했다.
위드의 항해 스킬이 얼마인지는 잘 모르겠지만, 중형 범선이 움직이는 속도로 보아서 그렇게 좋은 편은 아니라고 판단했다.
3인조가 베키닌의 미친 상어들로 불리면서 붙잡히지 않고 신출귀몰하게 활동하던 데에는 발군의 항해술이 있었기 때문이다. 적들이 내로라하는 하벤 왕국의 함대에, 해적들이었지만 승부를 걸어 보려고 했다.
"돛을 바람에 맞게 조종해!"
"물살을 최대로 받는 쪽으로 범선의 방향을 재조정하고 전속 항해!"
베키닌의 미친 상어들은 중형 범선을 바쁘게 오가면서 항해 속도를 높였다. 마음 한구석에는 뿌듯함도 있었다.
- 어쨌든 다 뜯기지는 않았군.
- 425골드나 남았어. 불리한 처지에도 불구하고 위드를 속인 것으로 우리 베키닌의 3마리 미친 상어들은 더욱 유명해질 것이다.
- 우리를 버릴 때만 하더라도 지금까지 훔치고 뺏은 보물들을 다 내놓으라더니, 다 잊어버렸나 봐. 킬킬킬.

그들끼리 귓속말을 나누고 있을 때였다.

갑판에 올라서 하벤 왕국의 함대 그리고 화염탄들을 쳐다보던 위드가 말했다.

"참, 너희……."

"네?"

"밥값은 유료다."

"예에?"

"대륙으로 돌아갈 때까지 물 한 모금에 3골드, 생선회 한 점에 5골드."

폭리도 이루 말할 수 없는 횡포의 수준!

"어떻게 그러실 수가 있습니까!"

강력하게 항의하려던 프렉탈이 잠깐 말을 멈추더니, 한결 누그러진 목소리로 말했다.

"목적지에 도착할 때까지 저희가 배를 몰겠습니다. 그 보수로 밥값을 쳐주시지요."

누렁이는 고개를 끄덕였다.

과연 똑똑한 제안이었고, 합리적인 선에서의 타협이라고 할 수 있다. 딱히 반박할 여지가 없을 정도의 절충선이지 않은가.

"하루 일당 1쿠퍼."

"예?"

"싫으면 내리든가!"

"……."
완전히 칼까지 든 강도였다.
작은 권력도 효율적으로 이용하면서 상대를 철저히 쥐어짜 내는 완벽한 능력!
벨로트의 미모에 걸려들었을 때부터 모든 것이 결정되어 있는 것이나 다름없었다.
더 무서운 것은, 조각 생명체들은 생명을 부여한 사람을 부모처럼 따르게 된다. 위드를 보면서 많은 조각 생명체들이 배우고 있었다.
'인생은 돈이군.'

베키닌의 3마리 미친 상어들을 구하는 모습은 드린펠트에게도 보였다.
"멍청한 놈. 죽을힘을 다해 꽁무니를 빼고 달아나도 모자랄 판에 저런 여유를 부려?"
드린펠트는 모욕이라도 당한 것처럼 기분이 더러웠다.
육지에서도 도망 다니던 주제이니 바다에서는 더욱 열심히 도주를 해야 할 것이 아닌가.
헤르메스 길드의 수뇌부에서는 연일 위드를 빨리 잡으라고 독촉이 심했다.

하지만 방송을 통해서 역습에 의해 피해를 입는 모습만 보여 주었고, 위드는 베르사 대륙에서 최초로 가장 높은 난이도의 퀘스트까지 성공시켰다. 지원군까지 보내 주었는데도 지금까지 지지부진하게 성과가 없어서 면목이 서지 않았다.

그러나 육지가 아닌 바다라면 이야기가 달라진다.

육지에서는 경험 부족으로 미흡한 점이 많음을 스스로도 인정하고 있었지만, 바다에서는 그가 왕이었다.

"목숨을 건지기 위해서 도망치는 것 외에는 할 줄 아는 것도 없는 주제에 건방지기 짝이 없군."

드린펠트는 배의 전투력의 차이가 너무 나니 승리 후에 나올 반응들을 걱정하고 있을 정도였다.

"포격전으로 단숨에 격침시켜 버릴까? 아니야, 그건 너무 빨리 끝이 나 버리는데."

최신 대포로 무장한 전투선들이 화력을 내뿜기 시작하면, 중형 범선 1척 정도를 파괴하는 건 일도 아니다.

"해상전이라서 쉽게 이겼다는 말이 틀림없이 나오게 될 텐데."

저항도 할 수 없는 힘으로 찍어 누르듯이 이겨야 명예 회복이 이루어진다. 해상전이기 때문에 이길 수 있었다는 평가는 받고 싶지 않았다.

"조금 후면 대포의 사정거리에 들어옵니다!"

부사관이 큰 소리로 외쳤다.

베키닌의 3마리 미친 상어들이 배를 운행했지만 적재량 초과로 본래 속도를 내지 못하고 있었다.

드린펠트가 결심을 굳힌 듯 명령했다.

"전방으로 포격 개시."

"사정거리에 들어오기까지는 조금 남았습니다."

"포격을 즉시 시작하되, 적을 겨냥하지 말고 쏴라."

중형 범선을 격침시켜 버리는 것은 역시 너무나도 시시하다.

포격으로 힘의 우세를 철저하게 과시하면서 항해 능력을 없애 버릴 것이다. 그런 다음에 상대의 배로 정예부대를 투입해서 돌격시키는 작전이었다.

완벽한 승리를 노리는 드린펠트!

드린펠트의 명령은 함대 전체로 전해졌다.

하벤 왕국 제2함대의 군함들이 앞으로 나가더니 선회하여 배의 측면을 비스듬히 드러냈다.

포문이 열리고, 탑재된 대포들이 순차적으로 불을 뿜었다.

꽈과과과과광!

5척을 합쳐 160문이 넘는 대포의 화력이 발사되었다.

켈버린 포에서 발사된 포탄들은 포물선을 그리며 날아서 위드의 배에서 멀리 떨어지지 않은 장소에 떨어졌다.

물기둥이 10여 미터나 치솟으면서 천지가 개벽하는 굉음이 강을 울렸다.

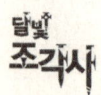

"재장전!"

군함들에는 다시 켈버린 포가 장전되고 있었다.

함장의 포술 스킬과 선원들의 훈련도가 완벽할수록 장전 속도와 정확도가 오른다.

다수의 대포를 탑재하게 되면 중량으로 인해 배의 기동력이 매우 느려지게 되지만, 드린펠트의 군함들은 그런 약점에도 불구하고 다시 추격에 합류했다.

이번에는 다른 군함들 7척이 함께 배의 측면을 드러내고 포문을 열었다.

"발사!"

238문이 포탄을 발사!

발사 각도를 올려서 하늘로 높이 솟구친 포탄들이 강으로 떨어졌다.

포격 범위에 들어온 강물이 솟구치며, 강이 통째로 뒤집어질 것 같은 위력!

포탄이 떨어진 지점은 위드의 배와 더욱 가까워져 있었다.

"거리가 가까워지고 있어. 더 빨리 속도를 내!"

"지금이 낼 수 있는 최대 속도야."

베키닌의 3마리 미친 상어들은 갑판을 내달리면서 선체의 속도를 더 올려 보려고 안간힘을 다했다.

위드는 흑마법을 이용한 본 쉴드나 다크 쉴드를 형성할 수 있었지만 아직은 필요를 느끼지 못했다.

포탄들이 한 지역으로 한꺼번에 떨어지는 건 흔히 구경하기 어려운 장면이었다. 아슬아슬하게 쫓기는 입장에서는 최고의 자리에서 관람을 하는 셈이었다.

겁 많고 소심한 누렁이는 선실로 숨어 버렸지만, 서윤도 가면을 쓰고 옆에 함께 있었다.

"포탄 한 발에 비싼 건 3골드는 될 텐데… 역시 돈이 많은 놈들이군."

부러운 것은 역시 돈 자랑!

강을 가득 메우고 뒤를 쫓아올 정도의 많은 함선들과, 그 배들을 무장시킬 수 있는 재력에 배가 아플 정도였다.

중앙 대륙에서도 상업이 크게 발달하고 인구도 많은 하벤 왕국의 함대이기에 이러한 무장을 갖출 수가 있으리라.

바다의 유저들은 시력이 좋아서 위드가 배의 뒤쪽에 남아 있다는 것을 드린펠트나 다른 유저들도 볼 수 있을 것이다.

위드에게 악취미가 생겨서 일부러 도발하고 있는 건 아니었다. 영웅적인 기사처럼 목숨을 지푸라기인 양 가볍게 여기지도 않는다.

목숨을 잃으면 떨어질 스킬 숙련도나 레벨, 손실할 수 있는 아이템은 무진장 아까운 것.

적들을 끊임없이 분석하고 살펴봐야 한다. 살기 위해 필요한 만큼의 용기를 낼 뿐이었다.

하벤 왕국의 함대와 해적선들이 얼지 않는 강을 따라서 전

속력으로 쫓아오고 있었다.

"슬슬 시작해 보자."

적 함선들이 정해진 위치에 들어왔을 때, 위드가 외쳤다.

"전부 태워 버릴 시간이다!"

13대 조각사 길드의 수장 로야닌이 만든 불의 거인!

끝없이 타오르는 카스탈로 만들어졌지만, 그 때문에 배에 타지 못한 비운의 조각 생명체였다.

불의 거인은 대신에 다른 탈것을 얻었다.

위드가 유령선을 타고 떠난 이후로 빙룡과 와이번들, 불사조는 사냥을 하며 레벨을 높였다.

"쿠에에엑!"

빙룡의 아이스 브레스, 와이번들의 공중 낙하 공격, 불사조의 화염 방사로 일대의 몬스터들을 괴롭혔다.

가뜩이나 1마리 1마리가 위력적인데 여러 마리가 모여 있으니 지상의 몬스터들을 사냥하기는 식은 죽 먹기였다.

그렇게 잘 먹고 잘살고, 등 따뜻하고 배부르다 보니 괜히 위드가 그리워졌다.

미운 정이 들 만큼 들어서 허전한 사이였다.

"주인이 어디서 뭘 하고 있을지 모르겠다."

"몰래 맛난 거 먹고 있는 거 아닐까?"

"우리가 없는 곳에서 혼자만 맛있는 걸 먹고 있을 거다."

와이번들의 입에서 가끔 나오던 위드에 대한 이야기들은, 그가 사라지고 나서 베르사 대륙의 시간으로 3달여가 지나고 나서 더욱 심해졌다.

"주인이 만들어 준 음식을 먹고 싶다. 돌아오면 맛있는 음식을 해 달라고 해야지."

"주인이 보고 싶다. 부려 먹고 괴롭히더라도 같이 있고 싶다."

일찍 태어난 와이번들은 위드와 함께 보낸 시간이 가장 길어서 부모처럼 따랐다.

미운 정까지 깊이 쌓여서, 배신할 수 없는 처지가 되고 말았다.

"난 정말 주인에게 가고 싶다."

불사조는 다섯 형제로 태어나서 이젠 혼자 남았다. 외로움도 가장 크게 타서, 위드가 있는 바다를 향해 구슬프게 울었다.

"정말 주인이 있는 곳으로 가 볼까?"

"주인이 있는 곳으로 날아가는 여행은 좋다."

와이번들은 유로키나 산맥에서 북부를 오가는 장거리 여행을 했었다. 넓은 대지를 돌아다니는 자유로운 성격을 가졌다.

"주인이 있는 곳으로 가자."
"여행이다. 끼야아아악."
빙룡도 혼자 남을 수 없어서 동참하기로 했다.
"나도 너희와 같이 가겠다."
북쪽으로의 비행!
빙하 지역으로 여행을 한 경험이 있는 빙룡이 길잡이가 되었다. 와이번들과 불사조는 뒤를 따라서 날았다.
철새도 아니고, 외로움에 주인을 찾아서 날아가는 조각 생명체들이었다.
"이곳으로 갔다."
"냄새가 난다."
"주인의 기척이 점점 느껴진다. 어딘가 음습하고 야비하고 추악한 느낌이, 영락없는 우리 주인이다."
조각 생명체들은 바다가 아닌 육지를 넘어서 지골라스 근처까지 날아왔다.
"크워어어어! 이곳으로 돌아오니 내 힘이 강해지고 있다."
빙룡은 빙하 지역에서 생명력과 힘이 더욱 강성해졌다.
와이번들은 추위를 견디기 어려워했지만, 위드가 만들어 준 옷을 걸치고 있었고, 불사조의 곁에 가까이 붙으면서 얼어 죽는 것을 면할 수 있었다.
"그런데 주인이 우리를 반가워해 줄까?"
"화부터 내고 때리면 어쩌지?"

"사냥 안 하고 따라왔다고 구박하고, 괴롭히고, 매일 과도한 노동으로 부려 먹는 거 아니야?"

와삼이가 머리를 굴리더니 말했다.

"거기까지는 참을 수 있어. 그런데 원래 있던 곳으로 돌아가서 사냥이나 하라고 하면 어쩌지!"

같이 보낸 시간이 길었던 만큼 위드에 대해서는 너무도 잘 파악하고 있었다.

조각 생명체들은 지골라스에서 멀지 않은 장소에서 사냥을 하면서 기다렸다.

불사조의 힘은 빙하 지역에서도 그리 약화되지 않았다.

타오르는 불은 어느 장소에서든 뜨겁다.

얼음 내성은 높지만 불에 대한 내성이 없는 몬스터들을 사냥하면서 성장했다.

빙하 지역에 있는 몬스터들은 경험치가 높았고, 고기에는 영양가가 넘쳐 났다.

육식을 즐기는 와이번들은 사냥을 하면서 승리를 했을 때도 경험치를 받지만, 몬스터들을 잡아먹으면서도 경험치를 얻는다.

불사조, 빙룡, 와이번들의 파티 사냥!

그런데 위드를 발견하기 전에, 불의 거인이 빙하 지역을 성큼성큼 걸어서 이동하는 모습을 보게 되었다.

조각 생명체들끼리는 표현되어 있는 예술성을 바탕으로

상대를 알아볼 수 있었다.

"우리의 주인, 위드를 아는가?"

빙룡과 불사조, 와이번들이 길을 막고 물으니, 불의 거인은 크게 고개를 끄덕이고 대답했다.

"생명을 부여해 준 분이다."

"우린 너보다 일찍 태어났다."

"그럼 우린 가족이구나."

조각 생명체들끼리는 간단한 서열이 정해지면 사이가 굉장히 좋아졌다.

위드의 지휘 능력이나 매력이 관여하는 덕분이기도 했지만, 속성상 상극이라고 할 수 있는 빙룡과 불사조도 금세 친해져서 함께 다닐 정도였다.

형제들을 잃어버리고 혼자가 된 불사조가 말했다.

"비슷한 성격을 가진 네가 마음에 든다."

불의 거인도 불검을 손에 든 채로 뜨거운 눈빛을 보냈다.

"나도 네가 좋다."

"어디로 가는 길이지?"

"주인님이 말씀해 주신 곳에 가서 숨어 기다리라고 했다. 강의 폭이 좁아지는 협곡까지 가야 한다."

"걸어가기가 쉽지는 않을 텐데."

불의 거인은 얼지 않는 강을 향해 멀리 돌아가고 있었다. 조각품이라 원래의 크기보다 작다고는 하지만, 걸음을 뗄 때마다 몇십 미터씩을 성큼성큼 움직인다.

 온몸에서 내뿜는 열기로 인해서 빙하의 얼음이 녹아내렸다. 발에 물이 닿을 때마다 수증기가 피어오를 뿐만 아니라, 미끄럽기 짝이 없다.

 불의 거인은 땅을 덮고 있는 빙하 위로 쉴 새 없이 움직여야만 했다.

 불사조가 먼저 제의했다.

 "내 등에 타라. 다른 이들은 태울 수 없지만 너라면 탈 수 있을 것 같다."

◊

 불사조에 탄 불의 거인이 얼지 않는 강을 낮게 날았다. 날개를 펼치니 강이 꽉 차게 느껴질 정도였다.

 비행에 익숙하지 못한 불의 거인이 괴성을 질렀다.

 "키야아아아아!"

 인근에서 하늘을 나는 것을 연습하던 중에 위드의 부름을 받고 어마어마한 속도로 돌아와야 했다.

 불사조는 협곡에 날개와 머리를 부딪쳐 가면서까지 최대한의 속력을 발휘했다.

 높은 상공에서 보면 뜨겁게 타오르는 혜성이 강줄기를 거슬러 내려오는 것 같은 광경이다.

"그리피스 님, 확인되지 않은 몬스터가 후방에 나타났습니다."

함대의 뒤쪽에 있던 해적들이 먼저 불의 거인과 불사조를 발견했다.

밤하늘을 멀리서부터 밝히면서 등장한 그들은 유난히 눈에 잘 띄었다.

해적들이 추격전에서 후방으로 밀려난 것에는 전력상 하벤 왕국의 함대보다 밀린다는 이유가 크게 작용했다.

실제 백병전에 돌입하면 어찌 될지는 아무도 모르지만, 해상 포격전에서는 왕국의 군대를 당해 내지 못했다. 해적들은 원래 격침보다는 약탈을 주로 하느라 기동력을 우선시했기 때문이다.

하지만 그리피스는 기회가 올 거라고 믿었다.

"지골라스에서도 그렇게 잘 도망 다녔는데 아무런 대비도 없이 무작정 강으로 나온 것은 아닐 터. 그건 정말 미련한 짓이지. 드린펠트 함대의 추격 정도는 예상을 하고 대비책을 마련해 놓았을 거야."

그리피스는 전투준비를 단단히 해 놓고 뒤를 따르고 있었다.

그리피스가 해적선들에 명령을 내렸다.

"대포를 쏴라!"

해적선들이 즉시 장전되어 있던 대포를 발사!

"캬아아아악!"

불사조가 날개를 접고 몸을 회전시키면서 포탄들을 피했다.

채 피하지 못한 포탄들은 스쳐 지나가거나 강으로 떨어졌다.

체력과 생명력이라면 남부럽지 않던 불사조.

몸에 부딪친 포탄들이 강한 화염을 내뿜으며 폭발했다.

"키야오오오오오!"

불사조는 약해지지 않았다.

화염의 속성을 띠고 있는 불사조와 불의 거인에게 포탄의 공격력은 제구실을 하기 어려웠다.

생명력으로 재흡수되어 버리는 것.

그리피스는 뱃사람의 필수 도구라고 할 수 있는 망원경을 통해 그 모습을 생생하게 보았다.

"불사조의 능력이 대단하군."

위드가 엠비뉴 교단과 싸울 때 모습을 드러냈던 거대 괴수.

화염의 데미지로는 잡기가 상당히 어려우리라.

"마법탄을 장전하라!"

마법사 길드에서 판매하는 포탄으로, 폭발형 마법이 내재되어 있어서 가격이 몇 배나 비싸다.

불사조에게 만만치 않은 피해를 줄 수 있었겠지만, 마법탄을 준비하고 장전하는 사이에 불사조는 그들을 날아서 지나

쳐 버렸다.

"공격할까요?"

해적들이 물었을 때 그리피스는 고개를 저었다.

그들을 노리는 것이 아닌 바에야 구태여 마법탄을 낭비하고 싶진 않았다.

"키야호오오오오오오!"

불사조는 하벤 왕국의 함대 상공에서 깃털들을 뿌렸다.

지상을 향해 떨어지는 깃털들은 곧 엄청난 열기를 동반한 불의 비가 되었다.

"저건 뭐냐?"

"디바인 쉴드."

"바다의 수호!"

성직자들의 각종 보호 마법과, 바다를 지키기로 약속한 수호자들의 가호가 배들을 보호했다.

신성력과 물의 방벽이 불의 비를 약화시키거나 막아 주었다.

"돛부터 걷어라."

대형 범선이나 군함의 선원들은 서둘러서 돛을 내렸다.

불의 비가 좀 떨어진다고 해서 마법 보호가 걸려 있는 특수 재질의 나무로 만든 배들이 송두리째 타 버리진 않는다. 하지만 돛은 작은 불길에도 금방 타 버릴 정도로 취약했다.

약한 몬스터라면 불의 비에 의해서 몰살을 당할 수도 있지만, 그들은 여러 몬스터 사냥을 통해서 대응할 준비가 되어 있었다.

헤르메스 길드의 지원군인 성기사와 사제 들이 마나를 써서 넓은 방어막을 형성시켰다.

"후속 공격에 대비해라. 마법사들은 대응 마법을 준비. 수비보다는 공격으로 놈들을 잡는다."

드린펠트는 자신의 함대가 가진 힘을 믿었다.

배들의 기동력이라는 게 한계가 있지만, 화살과 대포, 마법의 범위에 들어온다면 불사조도 잡을 수 있는 것이다.

불사조에 타고 있던 불의 거인에 대해서는 크게 경각심을 갖지 않았다.

"귀찮지만 주인이 시킨 일이니 해야 한다."

그런데 불의 거인이 좌우의 협곡을 향해 불의 검을 휘둘렀다.

퍼퍼퍼펑!

얼음 밑에 있던 화염탄들이 불의 기운에 자극을 받아서 폭발!

충격과 열기에 의해 협곡의 양측에 두껍게 쌓여 있던 만년빙들이 끔찍한 소리를 내며 갈라졌다.

실금들이 점점 크고 넓어져서 주체하지 못할 정도가 되었을 때, 결국 만년빙들이 협곡 아래로 추락하기 시작했다.

"눈사태다! 아니, 얼음 사태다!"

"협곡의 얼음들이 무너지고 있다!"

"멈춰! 멈춰!"

협곡을 지나던 드린펠트의 함대로서는 날벼락이 따로 없었다.

바다를 주름잡던 그들이, 높은 곳에서 얼음덩어리들이 떨어지는 것과 비슷한 공격을 받아 본 적은 단연코 없다.

마법사들과 성기사, 사제 들이 펼친 보호 마법을 뚫고 얼음덩어리들이 선체에 내리꽂혔다.

거대한 얼음덩어리에 정통으로 직격당한 배가 통째로 가라앉기도 했다.

이러한 지형지물을 활용한 자연적인 공격은 보통 미리 대비하지 않기 때문에 속수무책으로 당할 수밖에 없는 것.

협곡의 얼음덩어리들이 줄줄이 쏟아지면서 함대를 덮치고 있었다.

"속도를 높여라. 항해술을 최대한 발휘하여 이곳을 벗어난다."

드린펠트의 함선을 필두로 돛을 다시 활짝 펼쳤다.

협곡의 양측에서 떨어지는 거대한 얼음덩어리들을 민첩하게 피해서 정면으로 내달렸다.

두 쪽으로 갈라져서 침몰하는 함선들. 발사를 위해 준비시켜 놓은 포탄들이 폭발하면서 아비규환이었다.

보호 마법이나, 단단한 목재로 짠 선체의 재질이 무색하게 무거운 얼음덩어리들은 배를 부수고 짓눌렀다.
 "전속력 항해!"
 드린펠트의 선박이 다른 전투함들과 함께 전진했다. 하지만 위드가 묻어 놓았던 화염탄들이 연쇄적으로 폭발하면서 그들이 가는 길마다 얼음덩어리들이 떨어졌다.
 "제독님! 피해가 너무 막대합니다. 잠시 뒤로 돌아가야 합니다."
 "놈을 내 손으로 잡아 없애야 한다."
 드린펠트는 부관의 만류에도 불구하고 직접 배를 조종하며 뒤를 쫓았다.
 얼음덩어리들이 강물로 떨어져서 물기둥을 높이 일으키고, 협곡의 일각마저 흙과 돌 더미와 함께 무너졌다.
 그런 재난조차도 피해를 감수하며 전진하던 드린펠트의 함대였지만, 공중에서 불사조의 깃털이 만들어 낸 불의 비로 인하여 돛들이 버티지 못하고 타올랐다.
 "전투용 비상 돛을 걸어라."
 훈련된 선원들은 불을 끄고, 전투용 소형 삼각돛을 달았다. 바람을 타는 힘은 약하지만 역풍에 강하고 특수 재질로 불에도 잘 타지 않는다.
 드린펠트의 함대와 해적선들은 상처 입은 맹수처럼 사납게 위드의 뒤를 추격했다.

비, 바람, 안개 속의 반격

바드레이는 몬스터의 몸에서 검을 회수했다. 그가 검을 빼내자마자 몬스터의 사체는 회색빛으로 변했다.

"드디어 오늘이군."

사냥을 하면서 레벨 465를 달성했다.

사냥감 몰아주기 등으로 쉽게 레벨을 올릴 수 있는 편법도 있었지만, 바드레이는 직접 전투를 하는 쪽을 택했다. 대중에게 보이는 레벨이 아니라 진정한 강함을 추구하였기 때문이다.

"헤르메스 길드가 눈을 뜰 시간이 왔다."

바드레이가 공들여 만든 길드의 힘을 대외적으로 과시할 시기가 왔다.

헤르메스 길드와 다른 명문 길드 93개가 합쳐진 패권 동맹은 이미 전쟁 준비를 마쳤다.
　구성원에 대해 대외적으로 밝힐 필요는 없겠지만, 그들의 검과 마법이 패권 동맹에 속하지 않은 성들과 길드들을 향할 것이다.
　물론 패권 동맹도 일시적인 공동체에 불과했다.
　끝없는 야욕으로 각 길드들은 계속 힘을 모으고 있을 것이고, 연합체가 해산되는 순간 그들끼리의 전쟁도 벌어지게 되리라.
　바드레이는 이미 그날도 기다리고 있었다.
　"최고의 자리에 둘이 오를 수는 없겠지."
　베르사 대륙의 치열한 격전지인 중앙 대륙에서, 명문 길드들이 전력을 비축하며 숨을 죽이고 참아 왔다.
　사냥터의 독점, 고급 아이템들의 장착.
　전쟁이 벌어지는 오늘부터 모두가 똑똑히 알게 되리라, 헤르메스 길드의 진정한 무력이 어떤 것인지를.

　하벤 왕국의 요새 웰스턴.
　베르사 대륙의 유저들은 지골라스 인근에서 벌어지는 위드 대 하벤 왕국 함대의 전투를 실시간으로 보고 있었다.

"죽인다!"

"강을 따라서 쫓고 쫓기는 게 장난이 아니네. 여기 맥주 한 병 더 주세요."

해적들 중 일부가 방송사와 계약을 맺고 그들의 영상을 전송해 주었다. 그 덕분에 게임 방송사에서 틀어 주는 영상을 선술집이나 식당에서도 볼 수 있었다.

KMC미디어에서도 이번 위드의 전투는 빠지지 않고 함께 방송하기로 했다.

이미 하벤 왕국의 함대나 해적들과 해상에서 조우를 한 마당이라서 방송을 미루어야 할 이유가 없었을뿐더러, 다른 방송사들이 선수를 치고 있었다.

KMC미디어에서는 위드의 영상을 받음으로써 그 주변의 관점에서 쫓기는 기분을 긴장감 넘치게 만끽할 수 있었다.

물론 방송에서의 최대의 난점으로 로열 로드와 현실과의 시간 차이가 발생했지만, 그런 부분은 중간에 광고를 집어넣음으로써 해결!

현재는 게임 방송사들의 매출 증가에 지대한 영향을 미칠 정도로 지속적으로 성장하고 있는 분야였다.

로열 로드의 시청자들이 지겨워하지 않도록 음악이나 다른 베르사 대륙에 대한 뉴스들을 편성해 주기도 했다.

퀘스트와 사냥을 다녀온 파티들이 맥주와 마른 안줏거리들을 시켜 놓고 영상을 시청했다.

위드의 전투 중계가 있는 날이면, 대표 팀이 축구를 하는 것처럼 선술집이 붐볐다.
"캬아! 딸기 우유 맛이 죽여주는구나."
"아껴서 마셔. 30쿠퍼나 냈어."
초보자, 거기에 미성년자 학생들이 주문하는 음료수는 우유나 주스 등이었다.
왁자지껄 시끄러운 분위기에서도 위드의 방송이 나온다는 이야기에 손님들이 계속 매장으로 들어왔다.
"위드가 무사히 도망칠 수 있을까? 완전 소름 끼칠 정도로 아슬아슬해 보여."
"지금의 속도라면 멀리 가지 못해서 잡힐 것 같아."
협곡이 무너져서 하벤 왕국 함대의 군함이 몇 척 가라앉았다. 얼음덩어리에 깔려서 침몰하거나, 선체가 부서져서 항해 불가능 상태에 놓이기도 했다.
그럼에도 드린펠트는 함대를 다시 수습해서 위드의 뒤를 바싹 쫓고 있었다.
협곡이 무너지며 거리가 상당히 멀리 벌어졌지만, 하벤 왕국 함대의 속도가 좀 더 빠르고 대포의 사격 범위가 있었기 때문에 아슬아슬한 추격전이었다.
후두두둑.
얼지 않는 강에 자욱하게 끼어 있는 안개 사이로 굵은 빗방울들이 떨어졌다.

갑자기 내리는 빗물의 까닭에 대해서는 누구도 알지 못했지만, 사실 위드가 도주하는 사이에 구름 조각술을 계속 펼치면서 비를 부른 것이었다.

"비가 내리면 도망가는 쪽이 유리한가?"

"잘 모르겠는데. 어차피 같은 방향으로 가니 비슷한 거 아니야?"

"파도가 높아지면 선박의 종류에 따라 달라질 것 같은데. 일반적으로 범선이 유리하고, 해적들이 타는 갤리선은 불리하다고 하지."

"포술의 위력이 약화될 것 같은데. 화염탄 같은 포격 전술을 활용하지도 못할 테고. 시야도 좁아질 것 같아."

굵은 빗방울이 떨어지자, 중대형 선단이 돛을 한껏 펼쳤다.

얼지 않는 강에서 안개 사이를 통과하는 선박들이 제법 운치 있다고 느껴졌다.

일촉즉발의 부딪침이 있으면 어마어마한 전투로 이어질 것이기 때문에 더욱 숨을 죽이고 보고 있을 무렵이었다.

지골라스의 해상전을 보여 주던 화면이 갑자기 KMC미디어의 중계진이 있는 스튜디오로 돌아왔다.

신혜민이 재빨리 말했다.

"방금 들어온 속보입니다. 현재 베르사 대륙의 중앙 대륙에서 동시다발적인 전투가 벌어지고 있습니다."

선술집에 있는 유저들은 술과 음식을 먹으면서 관심을 갖지 않으려 했다.

　베르사 대륙에서는 몬스터의 침공이나 영주들 간의 땅따먹기 싸움으로 시도 때도 없이 전투가 벌어지곤 한다. 그렇게 흔한 일들로만 여길 뿐이었다.

　위드의 모험이야 여러모로 알려졌고, 베르사 대륙에 변화를 가져오는 사건들이 많아 구경하는 입장에서 훨씬 재미있었지만 말이다.

　"하벤 왕국과 토르판 왕국, 마센 왕국, 토르 왕국, 아이데른 왕국, 브리튼 연합, 에버딘 왕국 등에 이르기까지, 중앙 대륙의 200여 성이 전투에 돌입했습니다."

　"뭐야, 200개 성이나 돼?"

　"무슨 전투가 그렇게 많이 일어나?"

　전투의 범위가 너무나도 넓어서 선술집의 유저들은 당혹스러웠다.

　중앙 대륙도 굉장히 넓다고 하지만, 유저들이 지배하지 않는 성들도 있다. 영주들은 유저들 중에서도 많지 않았던 것이다.

　"곡창지대나 광산이 있는 산, 마을 들의 소유권을 놓고 길드와 영주들의 전투가 벌어지고 있습니다. 오주완 씨, 이번 전투에 매우 특별한 점이 있다면서요?"

　"그렇습니다. 아직까지 구체적인 정보가 다 들어오지는 않은 상태입니다만 어느 한쪽의 갑작스러운 선전포고와 함께 전투가 벌어지고 있습니다."

"규모는 어느 정도인가요?"

"공성전의 경우에는 1만이 넘습니다."

"훈련시킨 병사들까지 포함한 숫자겠죠?"

"물론입니다. 자원 지역이나 사냥터, 던전 들의 소유권을 놓고도 전투가 벌어지고 있습니다. 현재 소식이 계속 들어오고 있는데, 전투 지역이 확산되고 전투의 양상도 더욱 격렬해지고 있다고 합니다. 여행을 하시는 분들은 돌아다니실 때에 각별히 주의를 해 주셔야 될 것 같습니다."

"그럼 현재 전투가 벌어지고 있는 지역과, 앞으로 전투가 벌어질 것으로 예상되는 장소들을 목록으로 보내 드리겠습니다."

갑작스러운 전쟁의 여파로 중앙 대륙은 혼란에 휩싸이게 되었다.

"버릴 수 있는 건 모두 버려!"

"대포부터 강으로 던져 버리자."

헤인트, 프렉탈, 보드미르는 갑판에 있는 여분의 자재나 포실에 있는 대포와 포탄 들을 강물로 빠뜨렸다. 배의 무게를 조금이라도 줄여서 속도를 높이기 위한 비책이었다.

"우리 셋으로 포격전은 어림도 없고, 달아나는 것밖에는 할 게 없어!"

조각 생명체들도 그들을 따라서 대포를 강에 던지는 일에 동참했다.

하벤 왕국의 함대와 해적들이 뒤를 바짝 따라오니, 도주하는 입장에서는 입안이 바싹바싹 마른다.

위드는 하벤 왕국의 함대와 해적선들을 보면서 계속 구름을 만들었다.

하늘에 점점 늘어난 비구름은 폭우가 되어서 땅으로 내려왔다.

공중에서 날면서 따라오는 불사조와 불의 거인의 주변에서는 계속 빗물이 증발되어서 수증기로 변했다. 결국 불사조는 힘이 약화되는 것을 참지 못하고 구름보다 높은 곳으로 날아 올라가 버리고 말았다.

"정말 엄청난 비로군."

바람도 심하게 불면서 돛이 팽팽히 부풀었다.

구름을 만들기는 했지만 위드도 이런 갑작스러운 기상 악화는 예상하지 못했다.

지골라스 부근은 원래 기후변화가 극심한 지역이었다. 찬 바람과 더운 바람이 뒤섞이는 곳으로, 바람도 심하게 불었다.

그렇다고 해서 천둥 벼락이나 폭풍으로 운항이 불가능할

수준은 아니었다.

위드는 헤인트를 향해 물었다.

"비가 내리면 도망치는 쪽이 얼마나 유리한 거지?"

키를 정신없이 돌리면서 얼지 않는 강을 최소한의 속도 감소로 통과하던 헤인트가 날카롭게 눈을 빛냈다.

"도망치는 쪽에서는 날씨가 나쁠수록 변수를 이용할 수 있게 되죠. 파도 때문에 대포의 명중률도 조금은 줄어들 것이고, 시야에서 사라져서 숨을 수도 있고요. 하지만 이렇게 갈 곳이 정해진 강에서는 숨지도 못할 테니 딱히 유리하다고 볼 수는 없습니다."

다년간 나쁜 짓을 하고 쫓겨 다녀 본 관록 있는 도망자의 발언이었다.

헤인트를 포함한 3인조는 악천후에도 항해를 해 본 경험이 상당히 많았다.

3인조가 한마디씩 말했다.

"어떻게 해서든 빙하 지역은 벗어나야 되는데. 결국 잡히고 말겠지만."

"지골라스에서는 어찌 피해 다녔는지 몰라도, 해상전에서 드린펠트의 함대는 무적함대라는 별명을 갖고 있습니다. 놈들에게 쫓겨서 살아난 항해자가 없지요."

"바다의 악몽이라고 불리는 해적들까지 추격해 오고 있으니 무사히 도망칠 가능성은 전혀 없겠지."

갤리선들은 파도에 약해 먼바다 항해에는 불리해도, 노예들을 동원해 노를 저을 수 있다. 단거리 추격전에서는 해적들을 뿌리치고 도망가기가 많이 힘든 것.

- **빠져나갈 방법을 마련해 두자.**
- **나무판자를 봐 놓은 게 있어.**
- **밧줄도 준비해. 몸을 판자에 꽁꽁 묶어야 하니까.**

3인조는 바다로 가면 배가 격침되기 전에 망망대해에 몸을 던질 준비까지 해 놓았다. 나무판자를 끌어안고 표류라도 할 각오였다.

몇 날 며칠을 파도에 떠밀려 다니더라도 어쨌든 살 수만 있다면 행복한 것.

쏟아지는 장대비 사이를 항해하는 중형 범선이었다.

불어난 강물로 인해 배가 더욱 출렁거렸지만 위태롭게 흔들리면서도 강의 하류를 향해 나아갔다.

자욱하게 바다 안개가 끼어서 가까운 곳을 겨우 확인할 정도였다. 비바람을 뚫으며 암초들을 아슬아슬하게 피하는 항해술은 묘기라고 평가해도 좋을 정도였다.

하지만 바다로 접어드는 순간, 빗줄기가 많이 약해지고 운무가 줄어들어서 시야가 확 넓어졌다.

그리고 바다에 도열해 있는 수많은 유령선들이 보였다.

띠링!

-바다의 불운을 몰고 다니는 유령선들과 조우하셨습니다.
선박에 쥐가 들끓습니다.
선박에 전염병이 돌 확률이 높아집니다.
대형 바다 생물들의 습격을 받을 확률이 높아집니다.
선원들의 사기 수치가 최하로 떨어집니다.
사기가 계속 낮은 상태로 유지되면, 정신이상이나 반란을 주도할 가능성이 높습니다.

끝이 보이지 않을 정도로 어마어마한 유령선들의 함대.

노후하고 낡은 유령선들이었지만 규모만큼은 엄청났다. 게다가 지금도 계속 뒤에서 모여들고 있었다.

위드는 이 유령선들을 위하여 구름을 만들어서 비가 내리게 했다.

유령선들은 악천후에도, 풍랑에도 강하다.

바다에서는 날씨를 조금이나마 유리하게 만드는 것도 중요한 것이다.

"우으으."

3인조가 놀라고 있을 때, 위드가 두 손을 번쩍 들었다.

바르칸의 마법서에 적혀 있는 고급 언데드 소환 스킬. 그것을 사용할 참이다.

"잠들어 있는 악령들의 혼, 여기 너희를 위한 제물을 바치니 깊은 수면 밑에서부터 떠올라 푸른 바다를 떠돌라. 유령선 마리아스 소환."

위드가 타고 있는 중형 범선이 급속하게 노후되었다. 돛대와 갑판, 용골 등의 나무가 비틀리며 메말랐다. 돛도 시커멓게 썩더니 구멍이 숭숭 뚫리고 풀려서 깃발처럼 펄럭인다.

선체의 하부에서부터 이끼와 곰팡이들이 차오르더니 곧이어 완전한 유령선으로 변신!

"킬킬킬. 선장님, 오랜만에 뵙겠습니다. 못 본 사이에 정말 멋있어지셨군요. 위엄이 줄줄 흐르십니다."

유령선의 부선장 니크와 유령 선원들도 배에서 솟아나듯이 나타났다.

지골라스에서 하벤 왕국의 함대에 의해 끝없이 침몰했던 마리아스호의 선원들이 위드에 의해 불려 온 것이다.

얼지 않는 강의 하류, 바다의 길목에 무질서하게 밀집해서 모여 있는 유령선들.

위드가 고급 7레벨의 사자후를 터트렸다.

"전투를 준비하라!"

―스킬 사자후를 사용하셨습니다.
사자후 스킬의 영향 범위에 있는 모든 아군의 사기가 200% 상승합니다.
존재하는 모든 혼란 상태가 해제됩니다.
5분간 통솔력이 285% 추가 적용됩니다.

"이제 얼마나 남았죠?"

"얼지 않는 강의 하류에는 아침이면 넉넉하게 도착할 수 있으리라 봅니다."

페일 일행이 탄 배는 지골라스를 향해서 항해를 해서 오고 있었다.

장거리 항해였지만 제피가 낚시를 하면서 신선한 물고기들을 공급해 주고, 유령선들의 뒤만 따르면 되었으니 항로를 잃어버릴 염려도 없다.

지골라스로 향하는 길에 점점 빗방울들이 굵어졌다.

벨로트가 손바닥을 내밀어서 빗물을 모았다.

"비가 제법 내리네요."

마판이 크게 고개를 끄덕였다.

"바다에 내리는 비라니, 낭만적이지요."

위드가 드린펠트의 함대를 피해 달아나는 모습을 그들도 마판이 소유한 상인용 마법 구슬을 통해서 봤다.

배가 늦지 않게 도착하기만 바라고 있었다.

"앞을 제대로 살피면서 차근차근 가라!"

"배가 암초들에 걸리지 않도록 주의해라."

얼지 않는 강의 수위가 높아졌다.

맑은 날에는 눈으로도 쉽게 확인할 수 있었던 커다란 암초들이 수면 가까이 내려앉아서 피하기가 어려워졌다.

 드린펠트의 함대나 해적들의 항해술이 미흡한 것은 아니었다.

 베키닌의 3인조 미친 상어들은 죽기 살기로 1척의 배를 몰고 지나갔을 뿐이다. 그러나 이들은 워낙에 많은 배들이 암초들 사이를 통과하느라 엉키게 되어서 훨씬 어려웠다.

 여러 척 중에 1척만 암초에 걸리더라도 비키느라 많은 시간을 소요해야 했다.

 "무능한 놈들. 답답하기 짝이 없군!"

 드린펠트는 화가 머리끝까지 나서 서둘렀지만, 위드의 중형 범선이 그리 멀리 도망갈 시간을 주지는 않았다.

 "진정하시지요. 곧 얼지 않는 강이 끝나고 바다로 접어들게 됩니다. 바다에서는 절대 놈을 놓칠 리가 없습니다."

 "넓은 바다로 가면 최고 속도로 항해할 수 있으니 잡기가 정말 수월할 겁니다."

 부제독, 부선장의 조언도 드린펠트의 귀에는 전혀 들어오지 않았다.

 지골라스에서는 골탕을 실컷, 먹을 대로 먹었다. 얼지 않는 강에서도 여러 척의 배들이 가라앉았다. 바다 안개에 가려져서 위드가 멀어지고 있다는 사실만으로도 불안했다.

 "쾌속 선단을 앞에 먼저 내보내라. 그들에게 위드를 뒤쫓으라고 해라."

"예!"

드린펠트가 타고 있는 대형 전투선은 백병전을 대비하여 선실들이 많았고, 대포의 적재량 때문에라도 강에서는 재빠르지 못하다.

빠른 항해를 위해 태어난 플류트와 같은 소형 쾌속선들을 선두에 세우면 단숨에 위드와의 거리를 좁힐 수 있으리라.

드린펠트의 함대에서 소형, 중형 쾌속선 13척에 임무가 부여되었다.

그들은 돛을 절반쯤밖에 펼치지 않고 함대에 속해서 따라오던 중이었다.

"제독님의 명령이 내려졌다! 최대 속도로 항해한다!"

쾌속선의 함장들이 우렁차게 외쳤다.

바람을 받은 돛이 활짝 펼쳐지고, 금방 가속을 받은 쾌속선은 무시무시한 속도로 얼지 않는 강을 항해했다.

암초들을 절묘한 항해술로 넘나들면서 선두로 튀어나오며 질주했다. 그리고 잠시 후, 쾌속선으로부터 보고가 들어왔다.

-현재 위치 강의 하류 부근. 안개 사이로 우리가 뒤쫓던 배가 보입니다.

드린펠트가 조급해했던 만큼 위드와의 거리가 떨어져 있지는 않았다. 본대가 여유롭게 움직여도 충분히 잡을 수 있는 정도의 거리였다.

해상전에서 드린펠트의 함대보다 빠른 배를 가지고 있다면, 대포의 사정거리만 벗어나면 안전하게 도망칠 수 있다. 하지만 위드가 타고 간 배는 뒤쫓을 수 없는 쾌속선은 아니었다.

-곧 대포의 사거리에 들어올 것 같습니다.

쾌속선에 탑재된 대포는 많지 않았지만, 위드의 배를 공격하기에는 차고도 넘칠 정도.

그러나 드린펠트는, 아직은 위드를 다른 이들에게 넘겨주고 싶진 않았다.

-쏴라. 침몰은 시키지 말고, 도망가지 못할 정도로만 피해를 줘라.

-예, 제독님.

쾌속선들은 옅어진 안개를 헤치며 전진했다. 그리고 중형 범선이 보다 선명하게 눈에 들어왔을 때에는 경악할 수밖에 없었다.

건조된 지 얼마 안 되어서 새 배처럼 깨끗하던 중형 범선이, 백 년은 넘게 바다를 떠돈 것처럼 낡게 변했다. 하벤 왕국의 깃발도 내려지고, 돈더미에 앉아 있는 애꾸눈 해골의 깃발이 대신 올라가 있는 것.

"유령선이 됐어?"

"다른 배들도 엄청나게 많잖아. 지골라스에 가까운 이곳에 갑자기 배들이 왜 이렇게 많이 있지?"

"모두 유령선이야. 바다의 재앙인 유령선들이 여기로 몰려들었다. 전투를 준비하라!"

위드의 배 뒤편으로 보이는 수많은 선단이 전부 유령선들이었다.

드린펠트의 함대에 보고를 할 때만 해도 쾌속선은 급히 멈추려고 했지만, 이미 바다로 뱃머리를 들이민 후였다.

위드의 사자후가 바다를 쩌렁쩌렁 울렸다.

"전 유령선! 대포 사격 준비!"

"킬킬, 대…포를 준비하자."

"대포라니, 젊었을 때는 들어 본 것 같은데, 그게 뭐였지? 씹어 먹는 거였던가?"

"이게 왜 이렇게 안 들어가?"

바다에 정박해 있는 유령선들에서 벌어지는 일들은 가관이었다.

50년은 족히 묵었을 포탄을 미역과 해초 들로 막혀 있는 대포에 억지로 쑤셔 넣는 유령들.

유령들은 부싯돌을 튀기고 칼을 교차하여 불똥을 일으켜서 대포의 심지에 불을 붙였다.

"발사!"

콰과광!

유령선들의 정비가 안 된 대포가 폭발하면서 배의 일각이 부서졌다.

"이게 제대로 발사가 되나?"

어떤 해골은 심지에 불을 붙인 후에 대포의 입구에 머리를 들이밀었다.

꽈광!

대포가 정상적으로 발사되니, 해골의 머리는 그대로 사라져 버리고 말았다.

"성공이다. 제대로 발사됐다. 그런데 내 머리는 어디에 있지?"

몸통과 목만 남아서 머리를 찾기 위해 갑판을 떠도는 해골!

"포탄이 없다. 예전에 배가 고파서 다 먹었나? 아니면 가지고 놀다가 잃어버렸나?"

"우리 배는 상선이라서 원래 포탄이 없다."

"말린 어육을 대신 쏘도록 하자."

유령선들 중에는 상선이나 여객선이 변한 것도 있어서, 포탄을 가지고 있지 않은 경우도 많았다. 하지만 대포는 바다를 떠돌다가 다른 배들로부터 노획한 게 있었다.

"내가 들어가야지. 킬킬킬. 간다아!"

유령들이 스스로 대포로 들어간 이후에 화약을 터트려서 발사!

과정은 엉망진창이었지만 비교적 정상적인 유령선들도 있었다.

유령선들에서 발사된 포탄들이 위드의 배를 넘어 쾌속선

을 향해서 일제히 날아갔다.

형편없는 명중률이라 쾌속선의 주변으로 높은 물기둥이 치솟았다. 공중에서 포탄들이 부딪쳐서 불꽃놀이라도 하는 것처럼 폭발했다.

"회피 기동을 하라!"

"너무 많아서 피할 수가 없다! 대응 사격을 준비하도록!"

쾌속선의 함장들은 지그재그로 배를 몰며 대포 사격을 준비하려고 했다. 하지만 유령선들은 조준도 하지 않고 무작위로 쏘아 댔다.

바다로 많이 떨어졌지만, 일부는 쾌속선에 그대로 작렬했다.

갑판을 뚫고 떨어진 포탄들이 선체 내부에서 밝은 빛을 일으키며 폭발!

선체의 일각이 부서지면서 화염에 휩싸였다.

"발사!"

쾌속선들이 대응 사격을 준비했지만, 포탄이 스치면서 폭발하거나 할 때마다 선체가 크게 기우뚱거리면서 흔들렸다.

"쿠헤헤헤헬. 인간이다."

유령들마저 갑판에 오르면서 난장판이 벌어졌다.

미끈미끈하고 거대한 촉수들이 바다에서 올라와서 갑판의 선원들을 잡아채 갔다.

선체에 달라붙은, 문어를 닮은 괴물의 머리들!

쾌속선의 선장들은 다급하게 헤르메스 길드의 대화 창을

열고 말했다.

스트링거 : 유령선으로부터 공격을 당하고 있습니다. 전멸 위기입니다.

하벤 왕국 2함대의 부제독이 물었다.

파첼 : 유령선들의 숫자는 얼마나 되는가?

지골라스와 하벤 왕국의 함대가 공유하는 대화 창으로, 현재는 관심 있는 헤르메스 길드원들도 대화 창을 열고 듣고 있었다.

스트링거 : 지금 상황이… 길게 설명할 시간이 없습니다. 침몰되기 전의 마지막 통신일지도 모릅니다. 위드가 불러온 것으로 짐작되는 유령선이, 우리가 쫓는 배도 유령선으로 바뀌었는데 그들이 우리를 공격하고 있습니다. 전 전투함 전멸 위기! 긴급 구조 요청을 합니다.
파첼 : 어떻게 상황이 갑자기 그렇게……. 알았다. 최대한 빨리 가겠다.

쾌속선들이 침몰하거나 바다 괴물의 먹이가 되고 있을 무렵에, 드린펠트가 이끄는 본대가 얼지 않는 강의 하류에 도착했다.

그들은 쾌속선이 바다 괴물들과 유령선들에 의해 공격당하는 모습을 보며 놀람을 감추지 못했다.

"으음, 잠깐 앞서 나갔을 뿐인데 이런 일이 벌어지다니."

바다 괴물들에 선체가 결박당한 쾌속선들은 사실상 이미 포기하는 수밖에 없을 것 같았다.

유령들이 갑판에 올라와서 백병전까지 이루어지고 있었으며, 화염을 내뿜으며 바다로 가라앉는 과정이라 구하기도 늦었다.

"이 싸움은 피해가 크겠군."

드린펠트와 하벤 왕국의 함대에 속한 유저들에게 가장 곤란하게 느껴지는 부분은, 그들이 강을 막 빠져나오는 중이라는 점이었다.

유령선들은 바다에서 대포를 쏘기에는 최적의 진형으로 넓게 펼쳐져서 기다리고 있었다. 밖으로 나가는 족족 먹잇감이 될 수밖에 없는 형편이었다.

하지만 드린펠트는 수많은 해상전을 승리로 이끈 경험이 있는 대제독! 불리한 상황을 반전시킬 만한 묘수를 꺼내 들었다.

"유령선들의 대포 명중률은 형편없다. 외부 장갑을 보강한 전투함들이 선두에 서라. 피하지 말고 정면을 뚫는다. 그리고 제1전투함대와 제3전투함대는 강을 나가서 좌우로 흩어져라. 외곽에서부터 유령선들을 공략한다."

유령선들의 숫자가 많고 바다 괴물들까지 있으니 피해는 감수하기로 했다.

압도적인 화력과 물량을 바탕으로 유령선들의 진열을 무너뜨리고 섬멸하려는 과감한 작전.

이 거대한 해전을 승리로 이끈다면 드린펠트는 지금까지의 실패를 복구하고도 남을 공적을 쌓을 수 있으리라. 유령선들에는 현상금 등이 붙어 있는 경우도 많을뿐더러, 해전에서 승리를 하면 육지의 던전 탐험과는 비할 수도 없는 명성과 전리품을 획득할 수 있는 것이다.

보통 유령선에는 보물이나 골동품이 보관되어 있는 경우도 다반사였다.

대해전

유령선들이 쾌속선에 포화를 퍼붓고 있는 사이에, 전투함들은 5척씩 삼각 편대를 이루며 돌진했다.
"우히히힛, 인간들이 덤벼 온다."
"침몰시키자!"
유령선들의 포화가 전투함들을 향해서 쏟아졌다.
"쏴라! 왜 이리 안 맞지?"
엉뚱하게 반대편을 보고 대포를 쏘는 유령들.
"안 보여. 아무것도 안 보여. 꽝 하고 터지는 소리가 너무 무섭다. 우리 배가 가라앉을 때도 그런 소리를 들었던 거 같아."
유령들은 눈을 질끈 감고 대포를 쏘기도 했다. 규율도 없이 완전 제멋대로인 유령선들이었다.

하지만 포실이 배의 측면에 있었고, 조준하지 않고 쏘더라도 진행 방향에 있는 전투함들은 표적이 되기에 충분.

전투함들의 바로 인근에 물기둥들이 치솟더니, 포탄이 돛대를 날려 버리고 갑판의 일각을 부쉈다.

유령선들이 사용하는 포탄은 매우 오래된 것이기 때문에, 떨어지고 나서도 터지지 않는 불발탄이 상당히 많았다. 그런데 재수가 없으면 나중에 갑자기 폭발해서 피해를 입혔다.

유령선들과 싸우면서 행운을 기대할 수는 없다.

없던 쥐 떼가 갑자기 선실 창고에서 튀어 올라오고, 전염병이 돌았다.

"전진! 전진하라! 제독님의 명령이다!"

전투함에 있는 함장과 선원들은 유령선들의 중심층을 향해 돌격했다.

NPC들로 이루어져 있지만 하벤 왕국 소속의 군인으로 충성심이 높아서, 죽을 위험이 높은 임무도 서슴지 않고 수행하는 모습이었다.

전투함들이 집중 포격을 버티면서 가라앉는 사이에, 드린펠트의 2개 전투함대가 암초에 부딪치고 해초에 걸리면서 바다를 우회하는 데 성공했다.

"포문을 열어라. 발사. 발사. 발사!"

전투함대의 포문에서 시뻘건 화염과 연기가 뿜어져 나왔다. 그리고 발사된 포탄들이 정확하게 유령선들에 적중했다.

"크에헤에, 배에 불이 붙었다."

"럼주를 부어라. 불을 끄자. 어? 불이 더 크게 타오르네. 추운데 잘됐다. 활활 타올라라."

불길이 크게 번지며 침몰하는 유령선 위에서 날뛰는 유령들이 보였다.

"발사!"

전투함대의 배들이 대포를 사격할 때마다 유령선들이 격파되었다.

"포탄을 아끼지 마라. 화염탄 장전!"

특별하게 제작된 화염탄들이 밀집해 있는 유령선들의 상공에서 화려하게 폭발했다. 불줄기들이 사방팔방으로 퍼지면서 유령선들을 뒤덮었다.

빗방울이 약해지면서, 불을 빨리 끄기란 쉬운 일이 아니었다.

제1, 제3전투함대가 전공을 세우면서 더 많은 유령선들이 그들을 향해 몰려들었다.

하지만 적들의 진열이 흐트러진 순간, 드린펠트의 전투함에서 뿔피리를 세차게 불었다.

"본대 전진!"

드린펠트의 전투함을 선두로 하여 본대가 유령선들의 정면으로 나아갔다.

유령선들이 쏘아 낸 포탄에 피격되어 좌초하는 전투선들

도 있었지만, 용감하게 얼지 않는 강을 나와 속도를 냈다.
"전 포문 개방. 장전되는 대로 모두 발사하라!"
전투함의 측면에 있는 포문이 개방되더니 불을 뿜었다.
드린펠트의 본대 좌우에 있던 유령선들이 격침되었다.
그사이에 위드는 소중한 잡템과, 누렁이를 비롯한 조각 생명체들을 작은 유령선들에 무사히 나누어 태웠다.
"우리도 싸우고 싶다. 아까 큰 전투가 있다고 말하지 않았나!"
고블린의 영웅 케라노스커를 닮은 조각 생명체가 죽창을 들고 반발했다.
몇 안 되는, 몬스터 영웅을 닮은 조각 생명체였다. 호전적이고 부모에 대한 정이 조금 약했다.
위드가 어림도 없다는 듯이 고개를 흔들었다.
"내가 너희에게 왜 생명을 부여했는지 알아?"
누렁이와 황금새, 은새는 동시에 정답을 떠올렸다.
"돈 벌려고."
"돈 때문에?"
"돈 외에 다른 이유가 있을까?"
철저한 수전노인 위드였지만, 해골 리치 주제에 자상한 동네 형 같은 미소를 지으며 말했다.
"너희는 갓 태어난 아기들이야."
"그렇지 않다!"

케라노스키를 닮은 조각 생명체가 강하게 반발했다. 다른 몬스터들을 닮은 생명체들과 기사들도 명예를 훼손당한 것처럼 불쾌하게 느꼈다.

자존심을 짓밟으면 친밀도가 하락해서 조각 생명체라고 해도 독립을 선포하며 떠나 버릴 수 있다.

더군다나 지금은 꺼림칙한 리치의 모습이 아니던가.

위드답지 않게 조각 생명체들을 서툴게 다루는 모습이었지만, 모든 게 당연히 계획의 일부였다.

"이 넓은 베르사 대륙이 얼마나 아름답고, 즐겁고, 행복한 곳인지 아니? 너희는 내 자식과도 같은 존재들이야. 그럴 리야 없겠지만 너희가 이 전투에서 나를 위해 싸우다가 죽어 버린다면 그것만큼 슬픈 일은 없을 거란다. 너희를 지키기 위해서라면 난 뭐든지 할 수 있어. 이 리치보다 더한 것이라도, 너희를 위해서라면 될 것이다."

자식을 생각하는 부모의 마음!

"이건 내가 책임져야 할 전투야. 그러니 너희는 멀리서 구경이나 하고 있어."

"그렇지 않다. 그래도 전투는 하고 싶다."

설명을 듣고도 여전히 싸우고 싶다고 우기는 생명체들은 몬스터들을 닮은 흉포한 성정을 가진 이들뿐이었다.

까탈스럽지만 길들여지고 나면 더없이 순수하고 충직하기도 하다.

황금새와 누렁이는 생각했다.

"이제 패겠구나!"

"조용한 곳으로 끌고 가서 처리하겠지!"

위드는 말 안 듣는 생명체들에게도 따뜻하게 설명했다. 의대에 합격한 자식에게 아침에 어떤 반찬을 먹고 싶은지 물어보는 어머니처럼 애정을 듬뿍 담아서.

"내가 너희를 위해 옷을 만들고 집을 지어 줄 거야. 음식도 만들어 주어야지. 우리가 어디 보통 인연이니? 오랫동안 함께 행복하게 지내야지."

"싸움을 하고 싶다."

"그래그래. 전투는 나중에 실컷 할 기회가 생길 거야. 그때가 되면 꼭 선봉에 세우겠다."

"약속했다."

"그럼. 너희가 좋은 것만 먹고 편안히 쉬는 걸 바라지만, 싸우고 싶다면 육지에 가서 전투를 시켜 줄게. 난 너희의 부모야. 너희가 하고 싶은 일들은 뒷바라지를 해 줘야지. 설마 나를 자기 일도 알아서 해결하지 못하거나, 돈밖에 모르는 그런 사람으로 아는 건 아니겠지?"

"물론 아니다."

조각 생명체들은 그들을 걱정해 주는 위드에 대해 감동하고 있었다.

"아, 좋은 주인을 만났구나."

조각 생명체들의 반발을 누르고, 더욱 친밀도를 얻어 낸 위드였다.

조각 생명체들이 몇 안 될 때에는 간편하게 협박이나 갈취, 폭력으로 모든 걸 처리할 수 있었다. 하지만 조각 생명체들이 감당하기 어려울 정도로 늘어났으니 존경과 감사를 받으면서 부려 먹어야 된다.

이것이야말로 후천적으로 갈고닦은 위선자로서의 재능!

갑작스러운 변신이었지만 전혀 어색하거나 버벅거리지 않았다. 위드는 이런 태도 변화까지도 사전에 치밀하게 준비를 해 두었던 것이다.

서윤조차도 착각에 빠져 버릴 정도였다.

"좋은 아빠를 두고 있어서 행복하겠어요."

위드는 가볍게 겸양의 말을 했다.

"뭐, 알아주기를 바라고 하는 건가? 그냥 다 녀석들 잘되라고 애정으로 돌봐 주는 거지. 무슨 보답을 바라거나 하면 안 되잖아."

누렁이와 황금새가 토할 것처럼 꺽꺽대었다.

해상전에서는 근접 전투에 적합한 조각 생명체들의 중요도가 떨어진다.

'앞으로 20년은 부려 먹어야 될 밑천인데, 여기서 죽일 수는 없지.'

배가 침몰하여 수영을 못하는 조각 생명체들을 한꺼번에

잃어버리기라도 한다면 그것만큼 안타까운 일도 없을 터!

 더군다나 조각 생명체들은 전투의 판도를 바꾸어 놓을지도 모를 엄청난 전력이었다. 위험하고 효과도 떨어지는 이런 곳에서 보여 주기에는 무언가 아까운 것도 사실!

 공중을 날 수 있거나, 물을 터전으로 사는 조각 생명체들을 제외하고는 전부 전장을 이탈하도록 지시했다.

 위드가 조각 생명체가 탄 배들을 후방으로 돌려놓고 전투에 다시 시선을 돌렸을 때에는, 드린펠트의 함대가 유령선들과 뒤엉켜 엄청난 공적을 세우고 있었다.

 그들의 배가 포격을 할 때마다 유령선들이 가라앉았다.

 바다가 불타오르는 것처럼 보이는 광경과, 귀청을 찢어 놓을 듯이 커다란 대포 소리들.

 기본적으로 지성이 떨어지는 언데드들은 네크로맨서의 지휘가 없으면 제멋대로 굴기 마련이다.

 위드가 전장의 유령선들을 지휘하고 통제했다.

 "대형선들은 적들의 진행 방향으로 돌진! 유령선 미켈란호, 반대로 선회하라!"

 보통 포격 몇 번에 침몰이나 항해 불능이 되는 작은 유령선도 있는 반면에, 정말 커다란 여객선들이 유령선으로 변하기도 했다.

 미켈란호!

 승객 590명을 태우고 실종되었던 유령선이 연기를 내뿜으

며 갑자기 방향을 바꾸어 제2전투함대의 진행 방향을 비스듬히 가로막았다.

"왼쪽으로 선회하라!"

전투함대의 함장은 소리치면서 미켈란호를 피하려고 했지만, 그곳에는 자잘한 다른 유령선들이 떠 있었다.

어부들이 유령이 되어서 바다에 그물을 펼쳐 놓고 낚시를 했다.

"물고기를 잡아서 혼자 다 먹어야지."

"상어는 싫어. 상어는 싫어. 상어가 나를 삼켰어. 무서워!"

전투함대가 어선들에 부딪치면서 지체되는 사이에, 유령 여객선 미켈란호는 무려 3척의 전투함과 연쇄 충돌을 일으켰다.

바다에서의 대형 교통사고!

심한 요동으로 선원들이 바다에 빠지고, 대포도 몇 개 쓰지 못하게 되었을 뿐만 아니라 선체의 피해도 컸다.

갑판에 쓰러졌던 함장과 선원들이 막 몸을 일으키려고 할 때, 여객선에서 유령들이 둥실둥실 떠서 날아왔다.

"오랜만의 외출이군요."

"어서 무릎을 꿇어라. 후작 각하께서 오신다!"

여객선에는 귀부인과 기사, 귀족 들도 유령으로 변해 있었다.

"새 배다. 이 배도 우리가 몰아야지."

여객선을 몰던 항해 유령들도 배를 빼앗기 위하여 끝이 휜 곡도를 쥐고 덤벼들었다.

"우끽끽끽!"

돛대에 늘어져 있는 밧줄을 타고 유령 원숭이들까지 난입했다.

여객선이었던 만큼 타고 있는 유령들도 매우 많았던 것.

전투 함대의 길이 막힌 동안, 사방에서 유령선들이 와서 충돌을 했다.

전투용 충각을 단 배들은 아니었지만, 유령선에서부터 유령들이 계속 날아오면서 배를 완전히 빼앗기는 경우도 생겼다.

―선박의 모든 항해 인원이 목숨을 잃었습니다. 전투함 프리데커호의 주인이 유령들로 바뀌었습니다. 전투함 프리데커호가 유령선으로 변하게 됩니다.

전투함에 급격하게 노화가 진행되었다. 그리고 새로 생겨난 해군의 유령들이 대포를 조작했다.

"발사하라!"

전투함에서, 드린펠트의 함대를 향해 포격을 개시했다.

쾌속선들은 이미 모두 침몰해 버렸고, 새로 생겨난 전투 유령선들을 위드는 교묘하게 이용했다.

일반 유령선들을 바탕으로 하여 드린펠트의 함대의 이동

가능한 경로를 한정시킨다.

바다이기 때문에 여러 방향으로 갈 수는 있었다. 하지만 포격을 하는 전투함들일수록 선회 속도가 많이 떨어진다.

진행 방향에서 일부러 길을 터 주고, 함대가 그쪽으로 이동하면 기다리고 있던 유령 전투함이 일제히 포격을 퍼부었다. 큰 충격이 발생해서 함대가 정지하면 유령선들이 대거 돌격했다.

"너희도 싸워라!"

위드는 반 호크와 토리도 소환하였다.

"주인으로부터 강한 힘이 느껴진다."

"크아아아! 잃어버렸던 힘이 다시 되돌아왔다. 피에 흠뻑 취해 봐야겠다."

언데드들의 능력을 강화해 주는 데스 오라는 반 호크와 토리도에게도 적용되었다.

직접 소환한 그들의 몸에서도 데스 오라가 흘렀다.

원래 바르칸의 직속 부하였던 토리도와 반 호크는 뛰어나게 강한 보스급 몬스터였다. 이제 더 이상 초기에 만났을 때처럼 레벨 200~300 정도의 수준이 아닌 것이다.

하지만 언데드의 특성으로 네크로맨서의 뒷받침이 없으면 본래의 능력을 채 발휘하지 못한다.

순수한 스스로의 힘으로만 싸웠던 그들이, 네크로맨서 마법으로 인해 강화된 것.

위드에게 비참하게 맞고 부하가 되기는 했지만, 최소한 고급 언데드 관련 스킬이 있어야만 제대로 부릴 수 있는 반 호크와 토리도였다.

"배를 붙이겠습니다."

베키닌의 3마리 미친 상어들도 신이 났다. 유령선들과 싸우고 있는 하벤 왕국의 전투함에 배를 가져다 붙였다.

"간다!"

반 호크가 적의 갑판으로 뛰어 올라갔다.

데스 나이트들도 100명이나 함께 소환되었다. 위드의 네크로맨서 능력이 강화되고 마나가 늘어남에 따라서 암흑 군대의 실전 지휘관인 반 호크도 부하 언데드들을 제대로 부릴 수 있게 된 것이다.

부대 단위의 데스 나이트들은 팬텀 스티드를 소환해서 적의 갑판에서 내달렸다.

"우리는 알아서 싸우겠다. 진혈의 뱀파이어 혈족들아, 널려 있는 피를 마셔라."

토리도는 붉은 눈을 가진 박쥐로 변신했다.

어두운 밤에 싸우기로 한 것은 하벤 왕국 함대의 포격이 조금이라도 약해지기를 바란 점도 있지만 토리도를 적극 이용할 생각에서였다.

해전에서 흡혈박쥐들은 상당히 처치 곤란한 것.

토리도와 진혈의 뱀파이어들이 박쥐로 변해서 인근의 전

투함들을 기습했다.

대포를 장전하고 키를 조종하던 선원과 항해사 들의 목덜미를 꽉 깨물었다.

토리도에게 피를 빨린 선원들은 뱀파이어의 하수인이 되었다.

"너희는 내 부하다."

"예, 로드."

"생전의 너희 동료들을 공격하라."

"예, 로드!"

하수인들은 동료였던 해군 함정들을 향해 대포를 날렸다.

"뭐야? 실수인가?"

"또 쏜다. 반격해라!"

누구도 믿을 수 없는 혼란의 극.

진혈의 뱀파이어들이 활약하면서 매혹과 환영의 마법을 펼친다.

밤하늘을 자유자재로 민첩하게 날아들 수 있는 뱀파이어들의 세상.

위드가 제대로 된 리치로 변한 이후로 반 호크와 토리도의 전투 능력은 눈이 부실 정도였다.

위드가 바다로 나왔을 때, 맞을 각오를 한 빙룡과 와이번들도 멀리서 빙글빙글 돌고 있었다.

"니들도 싸워라."

황금새와 은새, 불사조 그리고 아직 이름도 붙이지 못한 바다 생명체들을 전투에 투입시켰다.
 "외곽에서 치고 빠지는 방식으로 싸워. 빙룡과 와이번들, 너희가 전투를 지휘하도록 해."
 "알았다, 주인."
 빙룡과 와이번들은 무척이나 기뻤다.
 동생들이 이렇게 많이 생기다니, 일찍 태어나서 나이를 많이 먹은 보람이 있지 않은가!
 "우리만 따라와라."
 바다에서 사는 생명체들은 바다 괴물들과 뒤섞여서 싸우고, 공중을 날 수 있는 생명체들은 빙룡과 불사조, 와이번들과 함께 편대를 이루었다.
 그들은 밤하늘을 날면서 돛에 불을 뿜고, 발톱으로 갈기갈기 찢었다. 대포를 쏘는 선원들을 잡아다가 바다로 내던지기도 했다.
 "전투 상황이 썩 유리하지 않습니다, 제독님."
 드린펠트의 함대는 줄어들고 있었다. 문제는 그 줄어든 선박들이 유령선으로 변해서 아군을 공격한다는 점이다.
 이 해역 전체에 유령선들이 몰려들면서 불행한 기운을 전파하고 있고, 그 때문에 위드의 네크로맨서 마법이 없더라도 침몰한 배들은 시간이 지나면 유령선이 되었다.
 "매우 짜증스러운 놈들이군."

유령선들은 시간이 오래 지난 옛날 범선들이 많았다. 항해 속도도 느리고 포술도 별로지만, 진형을 잘 잡았다.

위드의 통제에 의하여 방비가 취약한 보급선들을 습격하기도 했다.

드린펠트의 함대의 화력은 가공할 정도였지만, 유령선들을 수호하는 바다 괴물들까지 습격을 해서 온통 정신이 없었다.

"이건 난전에, 전투 방식도 백병전에 가깝습니다, 제독님."

드린펠트의 함대는 포격전에 중심을 두고 편성되어 있었다. 해군 기사들이 타고 있기는 하지만, 기본적으로 검술보다 포술이 더 높은 이들이다.

선박끼리의 포격전에서는 아직까지 패배해 본 적이 없지만, 지금은 몬스터 군단과 백병전을 하는 셈이다.

드린펠트의 기함이야 전투 병력과, 헤르메스 길드에서 온 지원병도 타고 있기 때문에 주변의 유령선들을 신성 마법과 화염 마법으로 공격해서 침몰시켜 버렸다.

유령선과 백병전을 붙더라도 월등했지만, 일반 전투함들은 그렇지 않다.

신성력의 보호가 아예 없거나 사제들이 타고 있지 않은 경우가 많아 배를 넘어오는 유령들에 당황할 수밖에 없었다.

위드의 배도 다른 전투함에 비스듬히 옆으로 달라붙었다.

역사적인 정당성이나 거창한 대의명분 따위는 말하지도 않았다.
"진수성찬이구나!"
메마른 인간성!
위드의 눈에는 그저 경험치와 아이템으로밖에는 안 보이는 것.
유령들이 넘어가서 칼을 휘두르며 선원들과 싸웠다.
위드도 늦을세라 싸움에 끼어들었다.
"리치다!"
위드를 보자마자 전의를 잃어버리고 도망치는 선원들. 공포심을 자극하는 리치의 특성과 데스 오라의 효과였다.
사실 매번 힘들고 어렵게 전투를 했던 위드에게는 싱겁기 짝이 없었다.
네크로맨서는 성직자에게 약한 것을 제외하면, 정말 좋은 직업인 것.
위드는 미끄러지듯이 날아서 선원들의 목덜미를 붙잡았다.
"마나 드레인!"
선원들로부터 마나를 빼앗아서, 침몰한 유령선들을 다시 소환했다.
바닷물 아래에서부터 기포가 보글보글 올라오더니 한순간에 유령선들이 솟구친다.
이것이야말로 진정한 리치의 두렵기 짝이 없는 모습.

데스 오라에 의해 유령선들이 싸우고, 적들의 생명을 취할수록 생명력과 마나가 증가한다.

그 생명력과 마나는 다시 빠져나가서 언데드들을 강화하고, 바다 깊숙한 곳에 가라앉은 유령선들을 일으켰다.

리치야말로 언데드들을 지배하는 제왕이며 구심점인 것이다.

드린펠트는 멀리서 그 광경을 보고 있었다.

중간에 유령선들과 아군의 전투함들이 뒤섞여서 포격을 할 수 없었으며, 마법사들 또한 주변에만 신경을 써야 할 정도로 난장판이었다.

떨어지고 있는 빗방울까지 신경질이 날 지경이었다.

"설마······."

"네?"

"백병전으로 유도하기 위해서 일부러 우리의 돌진을 수수방관하고 있었던 건 아니겠지?"

"······."

얼지 않는 강을 기반으로 삼아서 치고 빠지기 식으로 싸웠다면 시간은 오래 걸려도 드린펠트의 함대의 승리 가능성은 압도적이었을 것이다.

하지만 그렇게 된다면 위드가 멀리 도망갈 수가 있다.

무슨 수를 써서라도 위드를 잡아야 하는 입장에서는 과감하게 싸움을 벌여야 했다.

 혹시 위드는 드린펠트가 이끄는 전투함들이 가까이 접근하는 것까지 예측해서 바다 위의 난전을 만든 건 아닐까.

 만약 그렇다면 위드에 대한 평가를 다시 세우지 않을 수 없을 것 같았다.

 육지뿐만이 아니라 바다에서도 자신의 전력을 최대한 활용해서 싸울 줄 아는 것.

 언데드들을 지휘하여 해전에서 이 정도의 수완을 발휘하리라고는, 정말 드린펠트의 예상 밖이었다.

 배들은 정면이나 후미가 취약하고, 측면의 갑판이 강하다. 그리고 대포의 9할 이상이 측면에 배치되어 있다.

 배들끼리는 싸우는 위치가 무엇보다 중요했는데, 유령선들의 선회 능력이나 기동성은 천차만별이다.

 위드는 이런 난전 속에서 본인도 전투에 뛰어들었다. 그러면서도 유령선으로 변한 전투함들의 위치와 항로를 지시하면서 포술로도 밀집해 있을 수밖에 없는 드린펠트의 함대에 적지 않은 피해를 입히고 있었다.

 포격과 백병전을 고루 이용하면서 상대하는 솜씨는 해전을 겪어 본 사람들이라면 누구나 인정할 수밖에 없을 정도로 뛰어났다.

 지골라스에서는 혼란과 약점을 이용하는 기습 공격에 비겁하다고 비난했지만, 지금은 적장을 인정하지 않을 수가 없다.

바다의 제독으로서의 훌륭한 자질을 가진 것이다.

몸이 1개가 아니라 2개, 3개라도 부족할 정도로 넓은 시야와 판단력이었다.

"야, 이 멍청한 놈들아! 빨리빨리 움직여. 누가 금화나 세고 있으래? 다시 깊고 어두운 바닷속에서 미역이나 몸에 감고 있고 싶지? 누더기 모자를 쓰고 있는 외팔이, 넌 지금 왜 닻을 내리고 있어. 빨리빨리 움직여서 1척이라도 더 가라앉혀야 될 거 아니야!"

어마어마한 잔소리와 참견, 짜증으로 유령선들을 일사불란하게 지휘하는 위드였지만, 그들이 있는 곳에서 그 목소리까지는 들리지 않았다.

"어쩔 수 없군. 이런 혼란 상태에서의 백병전은 우리보다는 해적이 더 제격이니 해적왕 그리피스에게 연락을 취해라. 그들에게 이 싸움에 끼어도 된다고 허락해라."

해적들은 얼지 않는 강을 나오지 않고, 닻을 내리고 정박한 채 구경하고 있었다.

드린펠트의 함대가 무섭다기보다는 헤르메스 길드의 세력을 존중해 주지 않을 수 없었기 때문이다.

"드디어 우리에게도 기회가 생겼군. 출발하라!"

묵묵히 구경만 하고 있던 해적들이 노를 저으면서 일제히 출발했다.

해군과 해적의 연합!

유령선이 전투함에 달라붙어서 백병전을 하고 있으면 해적선도 그곳에 배를 붙였다.

"쳐라!"

"유령들을 쓸어버리자!"

해적들이 가담하면서 전투함에 붙은 유령들과 전투가 벌어졌다.

전투함을 강탈하려던 유령선들의 시도가 번번이 무산되고 격퇴되었다.

얼지 않는 강으로 접어드는 바다에 물이 반, 하벤 왕국의 전투함과 해적선, 유령선과 바다 괴물이 절반이었다.

포격과 백병전에 의해 침몰되고 점령되는 유령선에는 데스 나이트들이 타고 있는 경우도 있었다.

그때 딱 시간을 맞춰 위드에게도 원군이 왔다.

"위드 님, 저희가 왔습니다!"

페일 일행이 탄 배가 지골라스 인근 해역까지 도착한 것이다.

다시 굵은 비가 세차게 내리고 있었다.

화령은 선실에서 천연 재료들을 이용하여 만든 화장품을 얼굴에 발랐다. 피부는 맑고 환한 느낌에, 어린아이처럼 뽀

송뽀송해야 한다.

화장은 한 듯 안 한 듯 구분하기 힘들어야 하는 건 필수!

댄서들은 화장품을 이용하여 외모를 가꿀 수 있었다.

"비가 오니까 볼 터치도, 아이라인도 오늘은 하지 말아야지."

그녀는 허리까지 내려오는 머리카락도 자연스럽게 풀었다.

댄서의 특권 중 하나가 머리카락이 빨리 자라는 것이다. 남들보다 금방 자라는 머리카락을 이용해 다양한 헤어스타일을 연출할 수 있다.

가장 빛나고 도도하고 매력적이던 화령이 오늘은 청순하게 변신했다.

띠링!

화장을 완성하셨습니다.
매력 +21%.
카리스마 +15%.
행운 +29%.
댄스 스킬의 효과 +31%.
빵을 들고 있거나 꽃을 파는 아가씨의 역할을 할 때에 호감도가 더욱 오릅니다.
화장을 지울 때까지 효과가 유지됩니다.

어릴 때부터 무대에 오르면서 관객들에게 여러 모습들을

보여 주었지만, 지금은 가장 원래 얼굴에 가까운, 꾸미지 않은 본모습이라고 할 수 있다.

"오랜만에 만나는 위드 님에게 기억에 남을 만한 춤을 보여 줘야지."

화령은 거울에 비친 자신의 모습에 만족하면서, 착용하고 있던 귀걸이와 목걸이, 반지도 빼 버렸다. 좋은 옵션이 있는 액세서리들이었지만 춤에 따라서는 맞지 않기도 하다.

그녀가 입은 옷은 속이 조금 비치는, 나풀거리는 흰 드레스였다.

페일의 배가 미끄러지듯이 전장의 한가운데로 들어왔다.

"쳇, 비가 오면 내 마법의 위력이 약해지는데… 어쩔 수 없지. 회오리치는 화염!"

로뮤나의 마법이 전투가 벌어지는 바다의 중심에서 시전되었다.

바다에 불이 거세게 타오르며 일어나더니 면적을 점점 넓혀 나갔다. 바람과 함께 소용돌이로 변해 하늘 높은 곳까지 올라갔다.

흔들리며 공중에 떠 있는 화염의 소용돌이!

그곳에서부터 불덩어리들이 전투함들을 향해 떨어졌다.

"정확히 노려서… 가라. 멀티플 샷!"

페일은 전투함의 돛을 고정하는 밧줄들을 향해 화살을 쐈다.

쏟아지는 빗방울의 틈으로 흔들리는 밧줄을 노리기란 정말 어려운 일.

특수하게 제작된 화살촉에는 갈고리가 달려 있어서 넓은 돛을 옆으로 쭉 찢어 놓았다.

전투 불능 상태까지는 아니지만 적선들의 기동력을 크게 저하시키는 전공을 세웠다.

'붉은 모자를 쓰고 있는 저놈이 선장이군.'

선장과 항해사들도 화살로 저격!

제피는 낚싯대를 휘두르면서 근처에 다가오는 해적선들을 견제했다. 큰 역할까지는 아니지만 해적들이 배에 오르지 못하게 막는 것이었다.

수르카도 주먹을 휘두르면서 배에 적들이 오르지 못하게 막았다.

페일이 새로운 화살을 시위에 걸면서 중얼거렸다.

"여기에 메이런이 있었으면 좋아했을 텐데."

모험을 선망하는 메이런이라면, 이런 전투에는 정말 빠지고 싶지 않아 했을 것이다. 하지만 특별 프로그램을 방송해야 하는 그녀의 입장에서는 어쩔 수 없이 포기해야 했다.

직장인의 서글픈 비애인 것이다.

"쏴라. 격침시켜 버려!"

해적선에도 당연히 대포가 있었다.

광역 해적들이 페일의 배에 대한 격침 지시를 내렸을 때였다.

따라라라란.

대포 소리와 칼 부딪치는 소리로 요란한 전장에 하프를 연주하는 소리가 들렸다.

망루에 서서 하프를 연주하는 바드, 벨로트. 그녀의 연주가 신들린 듯이 시작되었다.

"뭐야."

"이런 전쟁터에서 무슨 저런 연주를 하고 있어?"

해적들은 실소했다.

억수처럼 비가 쏟아지고, 주변에서는 장대하다고 해도 과언이 아닐 정도로 치열하게 전투가 벌어지고 있다. 이런 마당에 몽환적이면서도 부드럽고 다정한 느낌의 연주라니, 어이가 없는 것이다.

음악이 시작되면서 메인 돛에 앉아 있던 화령이 자리에서 일어났다. 그리고 스스로에게 작게 소곤거렸다.

"이런 무대에는 다시 서 볼 기회가 없겠지?"

그녀는 돛대 위를 사뿐사뿐 걸었다.

먹구름 많은 하늘에는 화염 회오리가 마치 노을처럼 붉게 물들어 있다.

화령이 걸을 때마다 빗방울이 그녀의 몸과 흰 옷을 적셨다.

평소에 추던 부비부비 댄스는 닿을 듯 말 듯 가까운 거리에서 춰야 효과가 있다.

딱 그 애매하고 애태우는 간격이 부비부비 댄스의 중요한 포인트!

하지만 이렇게 넓은 전장에서, 그것도 비가 오는 날에 평범한 춤은 어울리지 않는다.

비 오는 날 격렬한 춤을 추면 아무리 화령이라고 하더라도 자칫 광년이라는 소리를 들을 수 있는 것.

"무대에 선 나를 관객들이 보게 만드는 일은 익숙하잖아. 이 내가 추는 춤이야."

어릴 때는 비가 내리면 하늘에서 지렁이가 떨어지는 줄 알았다.

대지를 촉촉이 적시고, 생명을 움트게 만드는 비.

빗속에서 순수하게 춤을 추고 싶은 꿈을 누구나 꾸었던 적이 있으리라.

화령은 발레를 하듯이 우아하게 손으로 원을 그리며 발끝으로 걸었다.

세찬 바람이 그녀를 흔들고, 빗물이 몸을 적시고 체온을 빼앗아 갔지만, 그 정도로는 힘들지 않았다.

내리는 비, 빗소리와 함께 기쁨의 춤을 춘다.

"라랄라라라."

콧노래를 부르며 빗물이 떨어지는 대로, 바람이 부는 대로 그녀의 몸이 움직였다.

손과 발이 유연하게 선을 그리며, 몰두해 있는 그녀의 표정에서 나오는 눈빛은 관객의 심장을 멈출 만한 매력을 가졌다.

빨려 들어가 버릴 것 같은 느낌.

무대 전체를 지배하는 매력.

얼마나 화려하고 예쁜 모습인지.

비를 사랑하는 요정이, 빗속에서 다시 못 볼지도 모를 환희의 춤을 추고 있다.

옷이 물에 젖어 있는 그녀에게서는 뇌쇄적인 관능미까지 느껴진다.

가녀린 목선과 예쁜 눈빛을 가진 청순한 얼굴에, 하루 종일 보더라도 계속 보고 싶을 것 같은 마력적인 몸매. 긴 머리카락은 물에 젖어서 찰랑인다.

쏟아지는 빗물마저도 그녀를 돋보이게 만드는 장식에 불과했다.

그녀는 정말 좋아하는 춤을, 세상에 다시없을 무대에서 이 순간을 위하여 추고 있었다.

발랄하게 시작된 춤이 격정적인 열기와 거센 흐름을 탔다.

무대가 어느 곳이든, 관객이 몇만 명이든 그녀에게는 상관이 없다.

닿을 수 없는 곳에 있기에 더욱 눈부신 여신의 매력.

"아……."

근처의 해적들은 입을 떠억 벌렸다.

> -댄서 화령이 춤을 추고 있습니다.
> 춤에서 시선을 뗄 수 없습니다.
> 정신이 혼미해져서 스킬의 성공률이 낮아집니다.
> 체력이 저하됩니다.

화령의 춤이, 인근 해역에 있는 해적들과 해군들의 눈을 사로잡았다. 해적 유저들도 해군 기사 유저들도, 속절없이 화령에게 빠져들었다.

친구

"어서 싸워라!"

해적선의 선장들이 소리를 질렀지만, 해적들은 입에서 침을 질질 흘리면서 구경만 할 뿐이었다.

"아, 우리도 눈을 돌리고 싶긴 한데… 다른 곳을 볼 수가 없단 말입니다."

"예쁘기는 무진장 예쁘다. 아, 나한테도 저런 여자 친구가 있으면 매일 모시고 살 텐데. 크흑! 이놈의 해적질을 하다 보면 알이 가득 찬 복어만 봐도 기쁘니."

"그냥 얼굴만 예쁜 게 아니라 전체적인 자태라고 해야 될까? 완전 미녀야. 친구 등록만 할 수 있었으면……."

선원들과 해적들은 거리가 먼 곳에서도 화령의 얼굴을 가까이 있는 것처럼 볼 수 있었다.

댄서의 능력 중 하나라고 할 수 있는 관심 집중 스킬!

화령의 쇄골이나 솜털까지 볼 수 있었으며, 숨소리까지 들을 수 있을 것처럼 느껴졌으니 빠져들지 않을 수 없다.

특히 아저씨 유저들에게 화령의 춤은 절대 헤어 나올 수 없는 유혹이었다.

"마누라에게 걸려서 맞아 죽더라도 이건 봐야 된다."

절박함까지 느껴질 정도였다.

화령의 춤에 사로잡히지 않은 다른 곳에서는 격렬하게 전투가 벌어졌다.

"우와아아아!"

"바다 괴물을 잡아라!"

해적 돌격선들이 대왕 오징어처럼 생긴 크라켄을 배의 앞부분에 있는 충각으로 들이받았다.

크오오오오!

크라켄은 다리들을 뻗어서 해적선들을 감싸고 강한 힘으로 조였다.

"돌격! 돌격!"

해적들이 다리를 타고 올라가 크라켄을 향해 칼질을 했다.

크라켄이 몸을 비틀 때마다 바다로 떨어지면 수영을 하면서 싸운다.

돛단배에 뗏목을 탄 유령들까지 모여들면서, 해역에는 귀곡성이 끊이지 않았다.

위드가 탄 배에도 해적들이 올라왔다.

"나머지 전쟁은 어떻게 되어도 좋다. 위드만 잡자."

"크흐흐흐, 우리가 위드를 잡은 주인공이 될 거야. 나오는 아이템은 어떻게 하지?"

"주운 놈이 임자지. 알아채지 못하게 몰래 가자."

해적들은 전투를 하고 있는 위드의 배후로 살금살금 접근했다.

위드가 해적들에 대해서 모를 리가 없었다.

전투 시에 발휘되는, 아이템에 대한 탁월한 집중력!

'싸구려 해적 코트를 입고 있군. 레벨 제한 300이 넘는 부츠랑 벨트가 그나마 좋은 물건인데.'

벨트는 그 특성상 보통 잘 떨어뜨리지 않는 아이템이다.

해적들은 다른 배에 올라서 약탈을 하는 경우가 많아서 해군 기사들처럼 좋은 장비를 입지 않는 것이다.

'팔아도 몇 푼 못 받겠군.'

해적들 장비는 구하려는 사람도 별로 없다.

위드는 그들을 전혀 모르는 척 싸움에 집중했다.

"크하하하하! 나에게 모든 생명력과 마나를 주고 죽어라. 음, 생명력과 마나 흡수를 할 때에는 취약해지는데, 여기에는 나를 위협할 만한 적이 없으니 괜찮겠지."

어설픈 발 연기까지 하는 위드였다.

해적들이 가까이 오면 한꺼번에 쓸어버릴 작정인 것.

해적들이 까치발로 살금살금 배후에서 접근을 할 때, 그들을 막는 사람이 있었다.

서윤은 지금까지 위드의 근처를 맴돌다가 해적들이 다가오는 것을 보고 검을 빼어 들었다.

"치잇. 들켰다."

"죽여 버려!"

해적들이 덤벼들었지만, 서윤은 묵묵히 검을 휘두르기만 했다.

"……."

미안해서 일절 말도 없이 해적들을 베어 버리는 서윤이었다.

위드가 곁눈질로 그 모습을 지켜보니 상당히 믿음직스러웠다.

해적을 열둘이나 해치울 기회를 놓쳐서 얄밉기는 했지만 매우 강한 그녀가 지켜 주고 있었다.

'마음이 여리고 착한 구석도 있고… 나한테는 나름 잘해 주는군.'

속으로 칭찬을 하고 있을 때, 서윤이 허리를 숙여서 해적들에게서 나온 아이템들을 주웠다.

부츠와 벨트!

어떤 해적들은 간직하고 있던 에메랄드들을 떨어뜨렸고, 보석으로 세공된 귀족 가문의 문장도 있었다.
"역시 그럼 그렇지."
위드는 뭐라 말도 못 하고 짜증만 낼 뿐이었다.

백병전에 포격전, 바다 괴물들에 조각 생명체들까지 날뛰는 혼전!
유령선들도 침몰했지만, 전투함이나 해적선도 많이 가라앉았다.
선원들과 해적들의 입장에서도 유령들과의 싸움이라 매우 괴기스럽기도 하고, 무시무시했다.
"이히히히, 라임 주스를 마시고 싶어! 목구멍이 타들어 간다."
유령의 울부짖음에, 해적 1명이 가지고 있던 라임 주스를 꺼내서 주었다.
유령은 꼴깍꼴깍 소리를 내면서 맛있게 마셨다.
"됐지? 음료수도 주었으니 너희 배로 돌아가."
하지만 유령은 더 거세게 덤벼들었다.
"목마름도 해결되었고, 이젠 널 죽일 거야. 우히히히힛!"
정신없이 싸우면서 서로 피해가 쌓여 갈 무렵이었다.
위드는 요즘 들어서 큰 전투를 너무 많이 한다는 생각이 들었다.

"가늘고 길게 살고 싶은데, 마음 편할 날이 없군."

영웅이 되고 싶은 마음은 추호도 없었다.

사냥을 하고, 보상 좋은 퀘스트 여러 개를 하면서 편하게 살고 싶은 마음뿐!

새벽부터 벌어진 전투가, 포탄이 떨어지고 인간들의 체력이 감소해서 다소 소강상태에 접어들려고 할 때였다.

둥! 둥! 둥! 둥!

절규하는 해골의 깃발을 펼치고, 빗속에서 불사의 군단의 해상 전력이 이 바다에 왔다.

전함에서 하벤 왕국의 함대와 해적선들을 향해 대포들이 불을 뿜었다.

"저건 또 뭐야?"

드린펠트가 어이없어했다.

그가 알기로 바다에 왕국들과 무역도시들의 전함들이 있기는 했다.

하지만 갑자기 나타난 수십 척의 무장 함대라니!

뛰어난 시력으로 보니 언데드들이 갑판에 도열해 있었다.

좀비나 구울, 스켈레톤처럼 하급 언데드들이 아니라 마녀와 데스 나이트, 듀라한 그리고 아크 메이지 들이었다.

하벤 왕국의 함대와 해적선들을 향해 그들이 흑마법을 시전했다.

"위드가 상대했던 불사의 군단의 깃발이잖아!"

"뭐야, 그들이 왜 우리를 공격하지? 원한을 품고 있을 위드를 공격해야 정상이잖아."

드린펠트의 함대나 해적들이나, 억울했다.

언데드들에게 딱히 잘못한 것도 없는데 언데드 최강의 전력이라고 할 수 있는 불사의 군단의 해상 전력까지 몰려오다니.

위드도 여러모로 마음이 불편했다.

불사의 군단과는 여러 악연들로 엮여 있기 때문이다.

"리치 샤이어를 내 손으로 영원한 죽음으로 이끌었지. 그때 오크와 다크 엘프 들로 불사의 군단도 많이 잡았고, 엠비뉴 교단과 싸울 때 바르칸을 소환한 적도 있으니……."

불사의 군단은 동료가 아닌 적이었다.

그들이 끌고 온 흑색 전함은 총 45척!

드린펠트의 기함과 비슷한 수준의 전열함으로, 엄청난 화력을 가지고 있었다.

게다가 갑판에 도열해 있는 언데드들은 쉽게 상대할 엄두가 나지 않을 정도였다.

불사의 군단과 싸웠던 적이 있는 위드로서는 그들이 얼마나 강한지 익히 알았다.

"네크로맨서가 없다고 해도 불사의 군단은 상대하기가 어려운데."

불사의 군단과 싸우기에는 터무니없을 정도로 준비가 되

어 있지 않았다.

 유령선들이 불사의 군단을 공격하라는 명령을 따르지 않을 수도 있다.

 빙룡과 불사조, 조각 생명체들이 있었지만 먼저 공격하지는 말고 눈치를 보라고 지시했다.

 불사의 군단이 끌고 온 전함들이 드린펠트와 그리피스의 전투함들을 흑마법과 대포로 먼저 공격했다.

 포격에 불을 뿜으면서 침몰하는 전투함들!

 2시간 넘게 전투가 벌어졌지만, 불사의 군단에 의해서 결국 드린펠트와 그리피스는 뒤로 물러나야 했다. 전투함들이 절반 가까이 남아 있었기 때문에 더 싸울 수는 있지만, 어떻게든 위드를 잡을 수는 없게 된 것이다.

 그들이 물러남에 따라서 전투가 완전히 멈췄다.

 귀청을 찢어 놓을 듯이 울렸던 포성도 완전히 사그라졌을 때, 불사의 군단에서 가장 큰 대장선이 위드의 배로 접근해 왔다.

 유령선들이 좌우로 갈라지면서 길을 열어 주었다. 위드의 의사에 의한 게 아니라, 유령들조차도 무서워서 불사의 군단을 피한 것이었다.

 상급 언데드란 그만큼 무서운 것.

 "흐음."

 기나긴 전투에도 불구하고 위드의 두뇌 회전은 매우 빨라

졌다.
 '어떻게든 살고 싶다. 하지만 죽는다면 최소한의 피해로 끝낸다.'
 길에서 주운 즉석 복권을 긁던 순간 이상의 집중력을 발휘해서 잔머리를 굴렸다.
 화령의 춤도 그치고, 모든 관심은 위드의 배로 향해 있었다.
 위드는 데스 오라를 강하게 일으키며 뱃머리로 둥둥 떠서 이동했다.
 육지라면 부리나케 꽁무니를 빼면서 달아났겠지만 이곳은 바다 위다.
 '바로 공격을 하지 않는 것으로 봐서 최소한의 대화는 있다는 뜻이겠지. 어쩌면 지금은 언데드 상태라서 동족으로 봐주는 것일까?'
 전투의 와중에도 와이번들과 빙룡을 이용하여 전리품들은 착실하게 빼돌려 놓았다. 탈로크의 갑옷처럼 애지중지하던 장비들도 황금새와 은새, 누렁이에게 맡겨 놨으니 빈털터리 신세!
 위드는 누런 어금니를 깨물었다.
 '난 죽어도 된다. 2배, 3배의 노가다로 이를 만회하리라. 그리고 불사의 군단! 너희에게도 반드시 복수하고야 말겠어.'
 불사의 군단이 그를 죽인다면 훗날 복수하면 될 일.

'5년, 아니 20년 후에 보자. 그때까지 레벨을 엄청나게 올려서 복수를 할 테니.'

복수에는 시간제한이 없는 것!

위드는 가슴을 활짝 펴고 당당하게 뱃머리에서 기다렸다.

어쨌든 그다지 마주치고 싶지 않은 불사의 군단이었다.

레벨이 지금보다 훨씬 높다고 해도 혼자로는 도무지 승산이 없고, 동료들이나 부하를 잔뜩 데려간다고 해도 막대한 피해를 입기만 할 것이기 때문이다.

조각 생명체들이 다 죽으면 정말 남는 게 없는데 그런 위험한 모험은 하고 싶지 않다.

'죽어 줄 테니 나만 죽여라.'

마음속으로 단단히 각오를 다졌으니 감히 불사의 군단의 전함 앞에서도 조금도 꿀리지 않을 수 있었다.

표정이나 눈빛에서는, 불사의 군단 따위는 거들떠볼 가치도 없으며 혹시라도 덤비게 된다면 가뿐히 밟아 주겠다는 듯한 권위와 카리스마까지 풍겼다.

-모두 이곳을 떠나라. 누렁이가 있는 곳까지 물러나서 기다려라.

그러면서도 금인이의 경우가 재발하지 않도록, 빙룡이나 와이번들은 누렁이를 지키라는 명령을 내려서 해역으로부터 완전히 떠나게 했다.

전함이 위드에게서 가까운 곳에 멈추더니, 프로그맨처럼

파충류를 닮은 인간형 언데드가 나왔다.

> **전설적인 몬스터 하실리스를 보셨습니다.**
> 바다 유령선들의 지배자.
> 자유도시 출신의 전도유망한 해군 제독이었던 그는 모험을 무척 좋아했습니다. 그래서 알려지지 않은 바다의 전설을 찾아다니던 중, 불행하게도 끔찍한 저주를 받아서 피부가 개구리처럼 변했습니다.
> 추악한 외모를 갖게 된 그는 더 큰 힘에 집착하게 되었고, 선원들의 다리에 돌을 매달아 바다에 빠뜨리는 등 악행을 서슴지 않았습니다.
> 마침내 그의 함대는 다른 해군들에 의하여 격퇴되었지만, 어둠의 주술사이며 언데드의 군주인 바르칸의 부하가 되어 되살아났습니다.
> 언데드 대전쟁이 있을 때에 실종되었지만, 바르칸이 부활함에 따라 다시 나타났습니다.

> -하실리스가 출현함에 따라 공포 상태에 빠져듭니다. 신체적인 능력이 저하됩니다.

> -선원들의 사기가 최저로 하락합니다. 통솔이 불가능합니다.

베키닌의 3마리 미친 상어들은 물론 해군 기사나 광역 해적들 중에서도 하실리스에 의해서 몸이 굳는 이가 속출했다.

위드는 투지가 높아서 피해가 없었다.

'차고 있는 목걸이는 아직 구한 사람이 없다는 보물, 이레카야의 목걸이. 마법사 길드의 보물 책에 분명히 공격 스킬의 범위와 효과를 35%나 늘려 준다고 수록되어 있던 물건이지. 그리고 마나 소모도 절반 이하로 줄여 준다고 했던가. 들고 있는 검은 각 왕국의 대기사급이나 가지고 있는 마법검. 마법검이야 다양하니 그렇다 쳐도 목걸이는 레벨 제한이 600은 넘지.'

어떻게 보면 가슴에 성검이 꽂혀 있어서 온전한 능력을 발휘하지 못하던 바르칸 이상이 아닌가!

아이템을 훑어본 것만으로도 마음이 더욱 편안해졌다.

'그래, 때려라. 죽어 줄 테니까. 그 정도의 레벨이면 나를 금방 죽이겠군.'

위드가 확인하지 못한 아이템들도 하실리스는 다수 착용하고 있었다. 모두 유니크급의 보물이라고 할 수 있었으니 하실리스의 강력함은 충분히 짐작이 되는 바!

위드가 먼저 거만하게 말했다.

"하실리스, 네가 나를 찾아와서 하고 싶은 말이 무엇이냐!"

불사의 군단의 함대는 물론이고 하실리스 혼자도 감당하지 못할 처지. 그럼에도 위드는 데스 오라를 발산하면서 차가운 어조로 말했다.

맞아 죽을 때 죽더라도 할 말은 하고, 물을 것은 물어본다.

이런 게 사나이가 아니던가.

드래곤에게 물려 가더라도 정신만 바짝 차리면 아이템을 건질 수 있다는 다크 게이머의 격언이 있었다.

하실리스는 한쪽 팔을 가슴에 올리며 허리를 살짝 숙였다.

"인사를 올립니다. 제가 온 이유는 바르칸 데모프 님께서 부르고 계시다는 것을 알려 드리기 위함입니다."

첩첩산중!

감당하지 못할 몬스터들에게 인기가 있는 건 위드가 원하는 바가 아니었다.

위드는 눈동자를 또르륵 굴리더니 하실리스를 향해 차갑게 되물었다.

"지금 이곳으로 오셨는가?"

"…오지 않으셨습니다."

바르칸이 안 왔다고 해서 기뻐할 건 없었다. 하실리스만 하더라도 위드를 죽이기에는 충분했으니까.

하지만 하실리스가 존대를 한다는 사실은 왠지 위드로 하여금 아직 삶을 포기하기에는 이르며 계속 대화를 해 봐야 될 것 같다는 사명감이 들게 만들었다.

고위 몬스터들일수록 나름의 사연을 가지고 있는 경우가 많다. 무조건 싸우기보다는 일단 대화를 해 볼 필요가 있었다.

'나를 살려 줄지도 모른다. 내게 존댓말을 하고 있잖아.'

하지만 그것만 믿고 있을 수도 없는 것이, 하실리스가 적이면서도 독특한 변태라서 약한 자들에게 존댓말을 해 주는 성격을 가졌을지도 모르지 않는가.

위드는 입가에 오연한 썩은 미소를 지었다.

"그래? 그러면 네가 감히 나를 공격할 것인가?"

중요한 핵심을 다짜고짜 물었다.
그러다가 불현듯 머릿속을 스치는 생각이 있었다.
'아, 혹시?'
그는 현재 리치의 모습을 하고 있다.
물론 동족이라고 하여서 고위 언데드들로부터 무한한 존경을 바라는 건 말도 안 될 일이었다. 하지만 그는 리치의 조각을 할 때 샤이어의 모습을 본떠서 만들고 변신했다. 게다가 지금은 샤이어가 가지고 있는 장비들을 다수 착용하고 있는 신세 아니던가.
'후후, 아닐 거야. 아무리 리치를 잘못 봐도 그렇지, 어떻게 그런 착각을 할 수 있겠어.'
그러나 위드가 별로 원하지 않던 상상은 하실리스의 입에 의해 사실로 증명되었다.
"어찌 감히 제가 바르칸 님의 수제자인 샤이어 님을 공격할 수 있겠습니까?"
"……."
"바르칸 님께서 샤이어 님을 긴히 찾으십니다."
위드의 해골이 일그러졌다. 이제 와서 그런 리치 모른다고 발뺌할 수도 없는 노릇이다.
"지금은 내가 바쁘니 나중에 가겠다."
말로만 간다고 해 놓고 바르칸이 있는 쪽으로는 얼씬도 안 할 계획!

몬스터 군단의 부름을 받는 것은 굉장히 골치가 아픈 일이었다.

"바르칸 님께서 중요한 용무가 있으신 듯하니 샤이어 님께서 마땅히 바르칸 님께 가셔야 될 것 같습니다. 저에게 샤이어 님을 찾아오라고 허락된 시간이 있었으니 120일 내로 오시기를 바랍니다."

띠링!

바르칸의 호출
언데드의 군주 바르칸 데모프가 부른다.
뭇 언데드는 그 명을 반드시 따라야 할 것이다.
난이도 : C
보상 : 바르칸을 만나는 대로 연계 퀘스트의 시작.

-리치 샤이어의 퀘스트가 발생하였습니다.

숨겨진 퀘스트의 발동!

배경 설명
불사의 군단의 2인자인 리치 샤이어. 그는 간악하기 짝이 없는 간교한 리치였다. 스승을 타락시키고, 각 어둠의 세력과 결탁해서 불사의 군단을 진두지휘했다.
그의 대리인이 되어서 불사의 군단에 잠입하라.
높은 악명과 지휘력, 샤이어와 흡사한 외모를 가지고 있어야 한다.

- 퀘스트가 강제로 부여되었습니다.
리치 상태에서는 바르칸의 의뢰를 거절할 수 없습니다.

'어떻게 이렇게 더러운 일이 있을 수가.'
예의상 한번 거절해 볼 수도 없었다.
위드가 침묵을 지키고 있을 때, 하실리스가 혀를 날름거리며 말했다.
"그럼 저는 먼저 바르칸 님에게 돌아가겠습니다. 그곳에서 뵙겠습니다, 샤이어 님."
위드는 따로 배웅도 해 주고 싶지 않았다.
"알았으니 가도록 해라."
해 주고 싶은 욕들은 많았지만 맞을까 봐 감히 입도 뻥긋 못 하는 처량한 신세였다.
남들은 레벨이 200만 넘어도 목에 뻣뻣하게 힘을 주고 다닌다. 그런데 위드는 레벨 400이 가까워진 지금에도 어쩌면 이렇게 끊임없이 고위 몬스터들과 엮이게 되는지.
그것도 이번에는 왕국 하나 정도야 가뿐하게 짓밟는 바르칸이었다.
위드는 운명을 느꼈다.
'지지리도 재수가 없구나. 나처럼 불행한 인간은 베르사 대륙을 뒤져도 몇 명 안 나올 거야.'
하지만 그 광경을 보던 사람들은 다른 생각을 했다.

'역시 위드 님은 굵직굵직한 퀘스트를 받아들이시는구나.'

'불사의 군단과 관련된 의뢰를 혼자 할 정도라니, 진짜 최고잖아.'

'부럽다. 우린 겨우 해적질이나 하면서 남의 것 뺏아 먹고 사는 신세인데.'

'설마 불사의 군단 퀘스트도 성공해 버리는 건 아니겠지? 틀림없이 바르칸에게 간다고 끝나는 게 아닐 텐데.'

레벨이 좀 높은 유저들도 마음을 바꾸었다.

'음, 위드를 죽이고 퀘스트를 빼앗으려고 했는데, 퀘스트는 안 뺏는 편이 낫겠다.'

'불사의 군단과의 퀘스트라면 죽음으로의 직행이로군. 최소한 대여섯 번은 죽겠지.'

'생고생을 할 거야. 여기 지골라스에서도 엄청 고생을 한 모양이던데…… 그냥 적당히 몸 편하게 사는 게 좋지.'

위드의 모험에 대해서 질려 버린 것이다.

하실리스가 오면서, 침몰했던 유령선들이 바다 위로 멀쩡하게 솟아올랐다.

드린펠트와 그리피스는 전투함에 피해가 커서 더 이상 해상전을 끌고 나갈 수 없었다. 자칫하면 모든 걸 잃어버릴 수도 있었으며, 베르사 대륙으로 돌아가기도 힘들게 된 것이다.

해상전이 마무리되고 베르사 대륙으로 돌아갈 때에는 동료들과 함께 있어서 더욱 즐거운 항해였다.

조각 생명체들도 3척의 유령선에 나누어서 타고, 위드와 동료들 그리고 서윤이 한 배에 탔다.

"케헤헴! 이리 와서 인사해라, 은새야."

삐약삐약, 짹짹.

수줍게 날개를 접고 배꼽 인사를 하는 은새는 귀여움을 독차지했다.

제피는 낚시를 하면서 음식 물자를 조달하고, 위드는 특선 해물탕을 끓였다.

음식을 먹으면서, 화령이 불사의 군단을 앞질러서 먼저 도착할 수 있었던 이야기를 해 주었다.

"맛있어요! 사실, 불사의 군단을 봤을 때만 하더라도 우리가 너무 늦게 도착하는 건 아닐지 걱정했거든요……."

그들의 배는 항해 속도가 느려서 딱 맞춰서 도착하기는 무리였다.

이리엔이 덧붙여서 설명을 했다.

"벨로트 님의 연주와 노래 덕분에 인어들이 따라와 줘서 올 수 있었어요. 제피 님이 모은 돌고래들도 한몫했죠."

벨로트는 고운 음색과 정확한 음으로 감미로운 노래들을

즐겨 불렀다.

그녀의 노래들로 인어들을 모은 후에, 제피가 낚시용 미끼들을 아끼지 않고 던져서 돌고래까지 유인했다. 덕분에 제때 도착한 것이었다.

위드는 서윤과 동료들을 소개시켜 주었다.

세에취와 함께 있었을 때 잠깐이지만 같이 사냥을 했으니 모르는 사이도 아니다.

"……."

서윤은 가면을 쓰고, 다른 사람들에게는 입을 열지 않았다. 위드에게도 필요한 말이 아니면 수다를 떠는 그녀를 상상도 할 수 없었다.

그렇게 대충 인사를 나누고 나서, 위드는 재봉용 천을 바닥에 깔았다.

"그러면 시작하죠."

"네?"

"1,190골드를 따신 화령 님, 판을 벌여야죠."

항해 도중에 할 수 있는 놀이인 고스톱!

위드의 제안에 화령과 벨로트, 이리엔, 제피, 로뮤나는 눈빛을 교환했다.

'역시 치자고 하는군요.'

'계획대로…….'

'실수는 없어야 돼요.'

미리 편을 먹고 사기도박을 하려는 건 아니었다. 오히려 그 반대!

그들은 위드에게 적당히 잃어 주기로 작정했다.

위드는 서윤도 판에 끌어들였다.

"구경만 하지 말고 같이 치자."

"……."

"칠 줄 몰라? 내가 가르쳐 줄게. 몇 가지 규칙만 알면 쉬워."

서윤이 알부자라는 사실을 아는 위드로서는 그녀까지 끼워서 한밑천 챙겨 보겠다는 욕심을 부린 것이었다.

"많이 먹으면 돼. 몇 가지 중요한 패들이 있는데 쌍피나 광은 많을수록 좋지. 광만 먹어도 날 수가 있고, 이게 고도리야."

그리고 판이 몇 차례 돌았다.

가볍게 잃어 주려던 일행과, 적당히 돈을 따서 본전을 찾으려고 했던 위드의 얼굴에 처절한 긴장감이 돌았다.

벨로트와 이리엔이 패를 덮고 위드와 페일, 서윤이 끼어 있는 고스톱이었다.

서윤의 앞에는 패들이 한가득 쌓여 있었다.

위드와 페일이 싼 것들을 가볍게 먹어 주고 보너스 쌍피 등을 포함해서, 두 번째 쳤을 때 벌써 났다.

그리고 벌써 투 고를 부른 상황이었다.

'피박에 광박, 거기다 투 고에 흔들기까지 했으니…….'

위드와 페일의 집중력은 어느 때보다도 또렷해졌다.

그들이 먹은 패는 거의 없다시피 했고, 서윤의 앞에만 패가 한가득이었다.

옆에서 보는 사람들마저도 긴장감에 빠져 있을 때, 서윤의 차례가 되었다.

착. 착!

서윤이 팔광을 먹으면서 고도리를 완성했고, 뒤집어서 열어 본 패에서는 쌍피가 나왔다. 그러자 엄청난 침묵이 흘렀다.

"쓰, 쓰리 고를 할 거야?"

위드가 어렵게 물어보았다.

이 순간에는 초미의 관심사였다.

'최소한의 양심이 있다면 쓰리 고를 하지는 않겠지.'

점당 10골드짜리 판이었으니 여기까지 먹은 것만 해도 한 판에 2,000골드는 딸 수 있다.

위드의 질문에 서윤이 고개를 끄덕이면서 손가락을 3개 폈다.

그날 하루 동안 위드는 6,290골드를 잃고 말았다.

서윤이 깨끗하게 판을 쓸어버린 것이다.

지골라스 해전도 하루 뒤에 KMC미디어에서 방송이 되었다. 당연히 높은 시청률을 기록했지만, 생각처럼 큰 이슈는 되지 못했다.
 -위드니까 그 정도는 싸울 거라고 생각했습니다.
 -와이번에 타고 본 드래곤도 때려잡던 위드인데요, 뭘.
 마법의 대륙에서는 전쟁의 신, 학살자였으니 새삼 놀랄 일도 아니다.
 바다에 대해 경험한 적이 없는 유저들이 많아서 관심사에서 떨어지기도 했을뿐더러, 지금은 중앙 대륙에서 벌어진 전투가 더 중요했다.
 각 명문 길드들의 파상적인 공세로 벌어진 전쟁. 여러 영토와 마을, 성 들이 전쟁터로 변하고 있었다.
 누구나가 온통 격한 전란에 휘말렸고, 예전에는 알려지지 않았던 강자들이 하나 둘 수면 위로 떠올랐다.
 암중에 숨어서 활약하던 재야의 고레벨 유저들이 곳곳에서 명문 길드들에 타격을 입힌 것이다.
 게임 방송사들은 비상 체제로 24시간 생방송을 하고, 로열 로드는 새로운 열기로 달아올랐다.

 "에휴, 진짜 가을은 짧구나."
 이현은 낙엽을 보며 등록금의 무상함을 느끼고 있었다.

"금방 끝나는 한 학기의 등록금이 이렇게 비싸다니……. 겨울방학이 지나면 또 등록금을 받아먹겠지."

한숨을 푹푹 쉬면서 집으로 가기 위해서 바쁘게 걸었다.

지골라스에서 모라타로 돌아오는 항해의 와중이라서, 그가 접속하지 않더라도 고용된 선장이나 다른 동료들이 있으니 괜찮을 것이다.

"빨리 접속해서 조각품을 만들고, 가죽 로브들도 만들어야지."

노가다를 향한 설렘을 안고 발길을 재촉하는 이현이었다.

그런데 그가 매번 가는 길에 검은색 차와, 정장을 입은 사내들이 서 있었다. 사내들을 피해서 걸으려고 하는데 그쪽에서 말을 걸어왔다.

"실례지만 이현 씨가 맞습니까?"

이현은 천연덕스럽게 되물었다.

"예? 누구요?"

모르는 일에는 발뺌이 최선!

들어 본 적도 없는 사람인 것처럼 그 자리를 지나치려고 했다. 하지만 그 사내들 중에는 몇 번 본 적이 있는 서윤의 경호원도 있었다.

"서윤 양에 대해서 상의할 것이 있어서 왔습니다. 회장님께서 기다리고 계시니 잠시 시간을 내주시겠습니까?"

이현은 걸음을 멈췄다.

서윤의 부모가 그를 부른다. 놀랍고 대단한 일이다. 하지만 이상하지는 않았다. 언젠가 이런 날이 올 것이라고 생각하고 있었기 때문이리라.
　그녀가 그에게 잘해 줄 때마다, 친근한 눈빛을 보낼 때마다 오늘 같은 날이 생길 거라고 대강 예상하고 있었다.
　"알겠습니다. 가시죠."
　이현은 그들을 따라나섰다.

　경호원들과 함께 도착한 장소는 넓은 정원이 있는 고급 주택이었다.
　"여기가 서윤의 집입니까?"
　이현이 물었을 때, 경호원들은 멈칫하더니 비밀은 아니라고 생각했는지 선선히 대답해 주었다.
　"서윤 양은 이곳에 살지 않습니다. 그리고 여기는 회장님이 가끔 사용하시는 별장입니다."
　그렇게 만난 서윤의 아버지 정득수 회장. 그는 이현에게 자리를 권했다.
　"어서 오게. 식사 전인가?"
　이현은 이런 질문에는 웬만하면 아직 밥을 먹지 않았다고 대답했다. 빌붙기를 위한 기본 원칙.

그러나 아직 오후 5시밖에 되지 않았고, 아무리 그렇다고 해도 불편한 밥을 먹고 싶진 않았다.

"괜찮습니다. 점심을 많이 먹었습니다."

"그러면 간단한 다과라도 하면서 이야기하지."

"저에게 하실 말씀이 있으면 그냥 하셔도 괜찮습니다."

"아니야. 자네는 나에게 정말 귀한 손님이니까 사양하지 말아 주게."

정득수 회장이 일어나더니 직접 다과를 내왔다.

"한국 대학교에서 내 딸과 가장 친한 친구이고, 로열 로드라는 곳에서 재미있는 모험을 한다고 들었네. 어떤 모험을 주로 하는가?"

"그냥 이것저것 합니다."

"방송에도 나왔다던데, 그 정도로 유명한 건가?"

정득수 회장은 이현의 일에 관심이 많았다.

이현은 그에게 프레야 교단의 의뢰나 리치 샤이어와 싸웠던 일들을 간단히 말해 주었다.

그런 주제로 이야기가 10분 정도 이어졌지만, 정득수 회장은 너무 막연한 이야기라고 생각했는지 큰 흥미를 갖지 못하는 듯했다.

그가 궁금해하는 것은 오직 딸의 일이었다.

"서윤이는… 가끔 웃던가?"

"잠깐이지만 웃을 때가 있었습니다."

"말은 이제… 다시 할 수 있게 되었다고 들었네. 아직은 자네에게만 말을 한다고 들었어."
"예."
"내 딸을 어떻게 생각하는가?"
이현은 이야기가 갑자기 본론으로 들어왔다고 생각했다.
'올 때부터 생각했던 순간이로군.'
자신이 부모라도, 솔직히 딸이 어떤 남자를 만나는지 알아보고 싶을 것이다.
여동생 이혜연의 경우만 하더라도 초미의 관심사였다. 나쁜 남자를 만나는 건 아닌지, 상대가 혹시라도 바람둥이는 아닌지 확인을 해 볼 것이다.
이현은 어릴 때부터 여동생을 돌봐 왔기에 부모의 입장을 충분히 이해할 수가 있었다. 그리고 정득수 회장이 자신을 어떻게 여기고 있을지도 짐작할 수 있었다.
가진 것도 별로 없고, 배운 것도 적다.
"말씀하신 대로 친구…라고 생각합니다."
서윤이 처음 말했던 친구라는 단어.
친구라는 말이 이현이 그녀에게 허락할 수 있었던 최대한의 거리였다.
"내 딸은 자네를 많이 의지하고 있다네. 그런데도 다른 마음을 가지고 있지 않은가? 자네도 남자일 텐데."
"저에게는 친구로밖에 보이지 않습니다."

서윤은 예쁘고, 똑똑하고, 심성도 보면 볼수록 착하다. 비록 고스톱 판에서는 그런 일을 겪었지만······.
　'나와는 어울리지 않는 아이지.'
　집도 어마어마한 부자다.
　이현은 자신이 그녀에게 해 줄 수 있는 것은 아무것도 없으리라고 생각했다.
　어릴 때부터 많은 일들을 겪어 왔다.
　학교에서 다른 친구들이 부모님과 함께 소풍을 오고, 새로 산 신발을 자랑하고, 옷이나 장난감을 보여 줄 때 그는 책상에 엎드려 있어야 했다.
　집에 돌아오면 전기세, 수도세, 집세를 걱정해야 했다.
　지금은 이현도 먹고사는 데에는 크게 지장이 없고, 나이에 비하면 나름 상당히 많은 액수를 저축도 하고 있다.
　그럼에도 어린 시절부터 살아왔던 너무 많은 부분들이 다르다.
　모든 걸 다 가지고 있는 그녀에게 자신이 남자 친구라도 되는 건 가당치 않은 일이었다. 설혹 그녀가 바라더라도, 알아서 피해야 한다.
　서윤과는 언제나 그만큼의 마음의 거리를 두어 왔다.
　그 거리는 쉽게 좁혀질 수 있는 게 아니었다.
　"내 딸은 어릴 때 큰 상처를 받아서 오랫동안 말을 하지 못했네. 그런데 자네와 함께 있으면서 말을 하게 되었어. 그

리고 아직은 자네에게만 말을 한다고…….'

이현은 알지 못하던 서윤의 사연을 그녀의 아버지를 통해서 들었다.

'정말 말을 하지 못했었구나.'

10년 이상을 말을 하지 않으며 세상과 담을 쌓고 살아왔다고 한다. 서윤이 불쌍했고, 그녀를 보는 가족들도 이루 말할 수 없이 슬펐으리라.

"자네는 나에게 은인이네. 그래서 사례금을 준비했네. 보수라고 하면 뭐하지만 이걸 받고 계속 서윤에게 좋은 친구가 되어 주면 다시 보답을 하지. 내 딸의 마음의 상처가 치료될 수 있도록 계속 도와주게. 하지만 그 이상은 곤란하다는 것을 잘 이해하고 있으리라 믿고 있겠네."

정득수 회장은 찻잔 옆에 흰 봉투를 내려놓았다.

"여러모로 돈 쓸 일이 많다고 들어서 한 장을 넣었네."

이현은 봉투를 쳐다본 후에 고개를 들어서 정득수 회장과 눈을 마주쳤다.

"받지 않겠습니다. 서윤이 말을 하게 된 것은 그녀의 의지에 의해서입니다. 제가 알고 해 준 건 그 무엇도 없습니다."

"적지 않은 금액일 텐데… 형편에 도움이 될 것이네."

"저도 자존심 때문이 아닙니다."

이현은 이번 달에 나가야 하는 돈들을 떠올려 봤다.

식비와 생활비, 여동생을 위해 넣는 보험금과 적금.

할머니의 병원비도 계속 지출되고 있다. 고질적인 관절염과, 암 치료를 받고 체력이 너무나도 약해졌다.

입원과 재활 치료를 몇 개월간 했을 때에는 병원 내에 다른 나이 드신 분들과 어울리게 되었다. 평생을 시장 귀퉁이에 앉아서 지냈던 분에게 말벗이 생긴 것이다.

집에 와도 되지만, 치료할 게 조금 남아 있기도 했고 지속적인 관리를 위해서 병원에 머무르고 있었다.

매달 지출되는 돈의 액수가 컸지만, 이현은 로열 로드를 통해 그 이상을 벌고 있었다.

"돈은… 정말 소중한 것이죠. 돈에 자존심을 세울 필요는 없다고 생각합니다. 그리고 가족들을 위해 많은 돈이 필요한 것도 사실입니다. 하지만 제가 버는 돈으로 책임질 수 있습니다."

로열 로드에서라면 일부러라도 거절의 뜻을 한 번쯤은 밝혔다. 조금 더 많은 돈을 뜯어내기 위해서!

그러나 현실에서는 정말로 이런 돈을 받고 싶지 않았다.

가족은 자신의 힘으로 지킬 수 있다. 그것을 위해서라면 뭐든 할 수 있다.

정득수 회장의 옆에 서 있는 비서가 말했다.

"회장님께서 주시는 돈입니다. 지금까지의 행동에 대한 감사의 표시라고 생각하고 받으시지요."

"서윤을 친구라고 생각하기에 받지 못합니다."

"네?"

"친구를 팔아서 돈을 벌고 싶지 않습니다. 친구라면, 어려울 때 도울 수는 있지만 대가를 바라면 안 된다고 생각합니다."

이 돈을 받아서 쓴다면 한동안은 도움이 될 것이다. 하지만 두고두고 빚진 느낌에 시달리게 되리라.

친구를 팔아서 번 돈을 가족들을 위해 쓰고 싶진 않았다.

이현은 자조적으로 생각했다.

'내가 할 줄 아는 것도 돈 버는 것밖에는 없으니까.'

정득수 회장도 더는 권하지 않았다.

"소신이 굳은 청년이군. 앞으로 서윤이 다치지 않도록 해 주게."

"노력하겠습니다."

이현은 대화를 마치고 자리에서 일어났다. 그리고 경호원들을 따라서 별장 밖으로 나갈 때, 뒤를 한차례 돌아보았다.

으리으리한 건물 그리고 서윤의 아버지.

서윤에 대해 흑심을 품고 있는 것은 아닌지 의심하고, 돈을 제시했다.

기분이 나쁠 수도 있는 만남이었지만 부모님이 있다는 사실만으로도 부러울 뿐이었다. 처음부터 그녀는 닿을 수 없는 먼 곳의 존재라고 여겼으니까.

그녀를 닮은 프레야의 여신상을 만들 때부터 경외할 만한,

먼발치에서 지켜봐야만 하는 사람이었다.

'한 장. 천만 원이라… 안 받길 잘했어. 어쨌든 그 돈을 메우기 위해서라도 더 열심히 사냥도 하고 노가다도 해야겠군.'

정득수 회장은 와인을 잔에 따라 마셨다.
"직접 만나 보니 훨씬 인상이 좋은 청년이로군."
서윤의 마음을 치유하게 하기 위해서는 최적의 상대라고 할 수 있다.
"그래도 10억을 거절하다니… 돈에 약하다는 조사는 거짓이었나?"

베르사 대륙에서 무섭게 영토를 확장하고 있는 최강의 세력.
헤르메스 길드의 마스터 라페이는 오랜만에 반가운 손님을 맞이했다.
"천공의 도시 라비아스에서 헤어진 게 언젠데, 왜 이제야 온 거야?"
"그냥 여기저기 떠돌아다녔어요. 모험도 하고, 사냥도 하고."
"잘 왔다. 네가 온 걸 알면 반가워할 사람이 많을 거야."

다인은 지팡이를 내려놓고 의자에 앉았다.
 헤르메스 길드의 핵심 유저들, 로열 로드의 초창기부터 라페이를 비롯한 많은 유저들과 사냥을 함께했던 다인이었다.

                                                TO BE CONTINUED

킬 더 킹

진부동 판타지 장편소설

ROK SUPERIOR HEROES FANTASY STORY

the King

**놀라운 상상력과 흡인력으로 몰아치는 작가 진부동
2010년 그가 「킬더킹」으로 돌아왔다!**

천재 검사 론, 유부녀 킬러 시드, 도둑촌장 미구엘,
공주의 삶을 거부하고 모험가로 나선 레베카!
개성 강한 이들이 각기 다른 꿍꿍이로 뭉쳤다!

마계의 문을 여는 열쇠, 마나 스톤 퓨러스를 찾아라!

마계의 정복자 황제를 비호하는 태양신교
황제의 야욕을 저지하려는 13인의 수호기사단
여정을 거듭할수록 퓨러스를 둘러싼
거대한 음모가 실체를 드러내는데……

**유쾌한 입담 속 모험 가득한 세계로
론 일행의 무한 질주가 시작된다!**

꿈의 도약, 로크에서 하십시오
(주)로크미디어에서 신인 작가를 모십니다

즐거운 세상, 로크미디어는 꿈을 사랑하고 도전을 두려워하지 않는 작가 분들의 참신한 작품을 기다리고 있습니다. 21세기 장르 문학계를 이끌어 갈 차세대 선두 주자 (주)로크미디어에서 여러분의 나래를 활짝 펴 보시길 바랍니다.

모집 분야 판타지와 무협을 포함한 장르 문학
모집 대상 아마추어 작가, 인터넷 작가
모집 기한 수시 모집
작품 접수 시 유의 사항

1. 파일명은 작가명_작품명.hwp형식을 갖춰 주십시오.
1. 파일에 들어갈 내용은 다음과 같습니다.
   - 성명(필명인 경우 실명을 밝혀 주세요), 연락처, 이메일 주소.
   - 제목, 기획 의도.
   - A4용지 1장 분량의 등장인물 소개.
   - A4용지 2장 분량의 전체 줄거리.
   - 본문.
1. 작품이 인터넷에 연재되고 있다면, 게시판명과 사이트의 구체적이고 정확한 주소를 기재해 주십시오.

선택된 작품은 정식 계약 후 출판물로 간행되어 전국 서점에 유통됩니다.
작가 분은 (주)로크미디어의 전폭적인 지원하에 전속 작가로 활동하시게 됩니다.
※ 자세한 내용은 로크미디어 홈페이지(rokmedia.com)를 참조하세요.

(140-133)서울시 용산구 청파동 3가 119-2 진여원빌딩 5층
(주)로크미디어 편집부 신간 기획 담당자 앞
전화 : 02-3273-5135
www.rokmedia.com   이메일 : rokmedia@empal.com

DOCTOR MAGIC

수어재 현대 판타지 장편소설 **닥터매직**

심정지 환자의 골든타임은 4분!
그의 손을 거치면 죽은 사람도 되살아난다!

역병의 치료를 위해 인체 실험을 했다가 사형된 마법사
대한민국 고 3 이수비로 눈뜬 후
전생의 한을 품고 흉부외과 의사의 길을 걷다!

생체 에너지를 볼 수 있는 능력인
'직관적 투시'를 얻은 그는
남몰래 수술 중에 부당하게 사망한 사람을 살리며
부조리로 가득한 병원과 싸우기 시작하는데……

인세를 꿰뚫어 보며 인술을 실천하는 그의 이명은
'닥터 매직'!
환자가 있는 그곳이 그의 전장이 된다!

오메가쓰리 퓨전 판타지 장편소설

아이템 매니아

10년을 공들인 게임, 현실이 되다!
퀘스트를 선점하고 아이템을 독식하라!

역대급 난이도의 게임 '페어리 테일'
10년 만에 클리어를 눈앞에 둔 정훈은
알 수 없는 기운에 의해
현실로 끌려 나오게 되는데……

그런데 또다시 '입문자의 방'이라니?

극악한 게임이 현실로 바뀐 순간,
쪼렙이 된 정훈에겐 만렙 캐릭터의 아이템들과
달달 외운 게임 정보들이 가득하다?

'페어리 테일'의 최강자가 되기 위한 행보!
모든 걸 가진 자의 유아독존 정복기가 펼쳐진다!